JN223569

クオピオの雨

原 信雄

Hara Nobuo

kuopio

民主文学館

光陽出版社

紙芝居　5
十五歳まっただなか　27
私鉄駅員　83
クオピオの雨　115
分厚い手　163
通訳　193
あとがき　235
初出一覧　237

クオピオの雨

紙芝居

植えられたばかりの稲の苗は、視界一面に拡がり、水をたたえた田は陽光をあびて光っていた。

昭和三十年、晴れ渡った土曜日の午後、樋口信介は、畔道をゴムぞうりを引きずって歩いていた。信介が小学校へ入学して、二カ月が過ぎていた。

右手にバケツを持った信介は、時折水田を覗き込んでザリガニや殿様蛙をさがしていた。

信介の二の腕は蚊にさされて赤く腫れていた。爪で何度も引っ掻いたので、みみず腫れになっている。

白いランニングシャツはこげ茶色に汚れ、継ぎだらけの黒いズボンも泥だらけだ。虎刈りの坊主頭に強い日差しが降りそそいでいた。空梅雨で真夏のような暑さであった。信介は左手の甲で垂れている青い鼻汁を拭くと、ズボンにこすりつけた。

殿様蛙が水の中から顔を出していた。茶緑色の斑点や縞模様が水にゆれて鮮やかである。信介はバケツを畔に置くとかがみこみ、両手を広げて水の中に入れると一気に捕まえた。ぬるりとした感触は気味悪いが怯えて必死に逃げようとする蛙の背中を撫でて、片足を摑みくるくる回して畔に叩きつけた。殿様蛙は白い腹をさらけだしてのびてしまった。信介は残虐な遊びが好きだ。殿様蛙を捕まえると、花火の二B弾を蛙の尻に突っ込み、マッチで火をつけた。蛙は尻から煙を吐きながら、飛び跳ねる。数秒たつと二B弾は爆発し、殿様蛙は飛び散ってしまった。

板を集めて小さな家を作って、その中に数匹の雨蛙を入れた。枯れ草で家の回りを覆い火を放った。焼け落ちた家の中で黒くこげた蛙が死んでいた。その黒こげの、燃えかすに小便をかけた。

稲の茎を蛙の尻に差し込み、蛙を風船のようにふくらました。もとよりそれは信介だけの遊びではなく近所の子どもや、小学校の同級生たちも蛙や蛇を残酷に弄んでいた。

母に生き物をいじめてはいけないと、怒られたこともあったが、信介は大人たちもひどいことをやっているのを知っている。

一月前、家の近くの川で魚を取っていたら、どこかのおじさんが、まだ目も開かない猫を五匹も川に流していた。浮き沈みしながら流されていく赤ちゃん猫がかわいそうで、おじさんを睨みつけたが、おじさんは何ごともなかったように立ち去った。

のびた蛙をゴムぞうりで蹴ると信介は歩きだした。五分もいくと、畔の横に小川が流れ水田に勢いよく流れ込んでいた。じっと水の流れを追うと、いる、いる。体長十センチ位のアメリカザリガニが数匹流れに対抗するように水中を動き回っていた。

信介は会心の笑顔でズボンを膝までまくると裸足になり水田に入った。くるぶしまで泥にもぐって獲物を脅かさないように進む。アメリカザリガニを背から捕まえようとすると、大きなはさみを構えて威嚇した。信介は少しも恐れず、すばやく捕まえてバケツに入れた。汗が滴り落ちるが夢中でアメリカザリガニ取りに励んだ。一匹捕まえるたびに頬が紅潮した。

稲の苗を踏まないように気を配っていたが、泥に足をとられ何度か転んで全身泥水だらけであった。頭も頬も泥がこびりついていたが、のびのびと満ちた気分だった。晴れた空の下で信介は無心に獲物と格闘していた。

突然、ふくらはぎに痛みを感じた。膝を曲げて覗くと蛭がふくらはぎに吸着し、一筋の血が流れている。血を吸ってぶよぶよになった蛭を摘んで引っ張ったが吸着が強く離れない。

信介は思い切り平手で叩いた。蛭は潰れてふくらはぎから離れ、水の中に落ちていった。ふくらはぎと手の平に、体液と血が付着した。ふくらはぎから流れる血を水で洗ったが止まらない。信介は流血を無視して獲物探しに没頭した。

一時間も田にいたろうか。バケツの中はアメリカザリガニで一杯になった。畔に戻ると、顔と頭の泥を手で拭いた。

両手でバケツを持ち足早に家へ戻った。畔の柔らかい感触が気持ち良い。抜けるような青空に盛り上がる入道雲を眺めながら、覚えたばかりの童謡を口ずさんだ。

軽く飛び跳ねた足の前を、体側に赤い斑点のある蛇が横切った。

ぎょっとした瞬間、叫び声を発していた。

うろたえて後退すると、全身に恐怖が走り鳥肌が立った。

信介は蛇が大嫌いだから蛇のことは詳しく知っている。図書室の動物図鑑を夢中で読み、カラーの気持ち悪い絵をみつめた。赤い斑点のある蛇はやまかがしで、毒のある蛇と学んだばかりだ。

蛇が水田の奥に消え去っても、緊張と恐怖で動けなかった。全身から冷汗が噴き出ていた。

信介は大きく深呼吸をして震える心を落ち着かせ、来た道を戻った。遠回りだが蛇が横切った道を進むことは出来なかった。

恐れが次第に遠退くと、信介はなぜ自分は蛇が苦手なのだろうと考えた。去年の今頃、石で蛇を殺した苦い思い出が浮かんできた。頭を石で何回も叩き潰しても、胴体や尻尾はこまかく震え動いていた。

それ以後、よく蛇の夢を見る。大蛇に睨まれて身動きが出来なかったり、数十匹の蛇がとぐろを巻いている道を、どうしても通らなければならないという夢を、繰り返し見てうなされた。もう絶対に蛇は殺さないと心に誓った。

三軒長屋の家が近くなると恐怖はいつのまにか消えていた。母の喜び溢れた姿が見えるようだった。

先週の土曜日にアメリカザリガニを持ち帰ったら、母はそれを熱湯でゆでて、尻尾を胴体から切り離し、殻を取り除いて、葱と小麦粉を水でといたころもをつけ油で揚げた。

夕食の席で皿に盛られたアメリカザリガニのかきあげはまたたくまになくなった。信介の家は貧乏だから魚や肉はめったに口にすることが出来ない。たまに鯨肉が手に入ると、醬油につけて刺身で食べるのが御馳走だった。

いつも黙然としている父が珍しく信介を褒めて、

「また取ってこいよ」

と力強く言った。信介は晴れがましい喜びに浸った。

今日は家に帰っても父がいないのが残念だが、前回よりもはるかに多い獲物に母はどう喜んでくれるだろう。そしてまた、あのうまいかきあげが食べられるかと思うと、涎がこぼれ落ちそうであった。

傾いた玄関の戸を力を込めて開けると、母はまだ仕事から帰っていなかった。たらいの中に置いてある洗濯板を除き、バケツのアメリカザリガニを、たらいに田んぼの水ごと入れた。それから手押しポンプをこぎ、バケツに水を汲み風呂へ運んだ。それを何回も繰り返した。バケツ一杯に溢れる水はとても重い。手押しポンプも何度もこいでいると腕も疲れてきた。

だが嫌でもその仕事は信介の日課であった。風呂の焚き口に新聞紙をねじって入れ、細いたきぎを段に並べてマッチを擦った。たきぎはちょろちょろと燃え出すが、なかなか勢い良く炎をあげなかった。

信介は火吹き竹を頬をふくらませて吹いた。炎に勢いがつき、めらめらと燃え出す。その炎をじっと見つめているうちに、眠くなってきた。信介は釜の前で船をこいだ。

アメリカザリガニはたくさん取ったし、疲れているのに風呂も沸かしたのだから、きっと褒美に五円貰えるだろう。そしたら明日の紙芝居を見る事ができる。甘い水飴を嘗めながら、黄金バットの紙芝居を堂々と見るんだと信介は眠気とたたかいながら思った。

焚き口の炎を見ると火力が弱くなっていた。薪を入れて火吹き竹を思い切り吹いた。数回、繰り返すと、再び勢い良く燃えだした。

「かあちゃん、俺、今日は頑張ったよ」

信介は太いたきぎを焚き口に入れながら呟いた。風呂釜から流れ出る煙が目を刺した。

帰宅した母はたらいの中で動き回るたくさんのアメリカザリガニに驚いていた。大鍋に水を入れ沸騰させると、生きたまま一気に鍋に入れた。

信介もゆで上がったザリガニの尻尾を、胴から切り離し殻を取った。母と一緒に家事をするのは楽しかった。蛇を見て震えた話をすると、母は高笑いをした。母の笑顔を見つめ、チャンスと思い切りだした。

「明日、紙芝居を見たいからお金をちょうだい」

「一円だってないんだ。あまったれるんじゃない」

母の笑顔は消えて厳しい表情に変わっていた。信介は期待を裏切られ、悔しさでくすぶった。

地方都市に新聞の拡張で稼ぎに出掛けている父が帰ってくるのは三日後だ。それまで家には一銭の金もなかった。

昨日は給食費を学校で集める日だったが、母は言った。

「今、家にはお金がないから来週には必ず持っていきますと、先生にちゃんと伝えなさい」

担任の先生に母の言葉を伝えると、先生は黙って頷いた。他にも数人給食費を払えない同級生がいたから信介は恥ずかしくもなかった。

この二、三日は給食をしっかり食べているが、家では満足に食べられない。麦飯に醤油をかけただけの夕飯の時もあった。きょうは取ってきたアメリカザリガニを、かきあげにする小麦粉も葱も油もなかったから、ゆでた尻尾に塩を振り掛けて食べた。

食事の後、落胆しあきらめきれずに暗い声を母に投げた。

「かあちゃん、五円ちょうだいよ。紙芝居を見たいんだよ」

「ないったらないのだよ。何度言ったら分かるんだ」

怒鳴られ悲しみがこみあげてきた。泣きそうになったが、爪を噛んで口をつぐんだ。古びたラジオから父の好きな流行歌「街のサンドイッチマン」が流れているが、耳をそばだてる気にはならなかった。

風呂に入ったのに、尻穴をぎょう虫が蠢いて痒くなった。便所に入り新聞紙を両手で何度も揉み、柔らかくして尻を拭いた。痒みは消えなかった。二十ワットの裸電球に照らされ、拭いた紙に白い小さな虫が二匹うごめいていた。

闇の中から食用蛙の牛のような鳴き声が湧きあがってきた。太くて低い声は呪いのように、便所の古びた窓から薄気味悪く響いてきた。信介はあわてて便所を飛び出した。

母はボロ布のようなスカートのほころびを繕い、時折針を白髪の増えた頭髪に刺していた。

日曜日なのに母は満足に朝食もとらずに、近所の製材所へ仕事に行った。信介にはふかした薩摩芋と昨夜の残りの塩ザリガニを皿に盛って置いていってくれた。

母は読書と俳句を詠むのが好きだったが、貧乏に追われて趣味まで手が回らないと嘆く時もあった。その嘆きを聞くと、信介は大人になったら大金持ちになって、親孝行したいと、心の底から思った。貧乏を理由に人に見下されるのはたくさんだ。

母の仕事は電動のこぎりで材木を切った時に出る木屑を一本、一本揃えて、ハリガネで直径三十センチ程の薪束を作ることだった。樹皮が分泌するやにやトゲにいためつけられて、母の手は無残に荒れていた。一日中かがんで仕事をして、腰が痛いと呻くこともあった。そんな時、信介がうつ伏せに寝た母の背から腰にかけ、小さな足で踏んでやると、あぁ極楽、極楽と喜んだ。

一つの薪束を作って一円で、一日中働いても五十把程しか出来なかった。信介は五円がどんなに貴重か母の労働を見ていて知らないわけではなかったが、いまはどうしても五円が欲しかった。今日の紙芝居は黄金バットの最終回なのだ。

道端をゆっくり歩き、金が落ちていないか探し回った。腹も空いていた。いくら歩いても、金は落ちていない。公園で疲れた足を休めたが、苛立ちで信介の心は爆発しそうだった。

学校近くまで来ると文房具店があった。店の横には青紫色のガクアジサイが幾つも咲き誇っていた。信介は一輪のアジサイを摑むとむしり取り、校庭へ駆け足で逃げた。日曜日なので学校で遊ぶ子どもは少なかった。校庭の隅には桜の大木が繁り、蟬の鳴き声が聞こえていた。

ぶらんこに座って、信介は紙芝居はこっそりただ見するしかないと考えた。以前ただ見した時の光景が蘇った。

紙芝居屋が来る前から空き地は子どもたちのかん高い声で賑やかだ。騒ぎの中にそっと溶けこんでいくと、おかっぱ頭の女の子が信介を睨んだ。母が勤める製材所の社長の一人娘だった。隣の女の子と耳打ちし合って含み笑いを交していた。

信介は嫌な奴と思ったが、知らんぷりをしながら横目で女の子たちをみつめた。少女が信介の前に来た。

「お金持ってんの？」

優越感に満ちた意地悪な声をかけてくる。信介は頭を垂れたまま心もとない声を出した。

「五円持ってる」

「見せて、見せなよ」

他の子たちも信介を囲んでみつめている。信介は下唇をかみしめて冷笑に耐えた。息が詰まるようだった。だが逃げ出さなかった。

そこへ紙芝居のおやじが到着した。信介は空き地の隅へ恥辱を抑えて移動した。

紙芝居のおやじの声は大きいので、耳をそばだてなくても聞こえるのだが、紙芝居の絵は遠くでは分かりにくかった。少女は振り返ると、信介を指差し金切り声で言いつけた。

「おじさん、あの子、うしろでただ見している」

紙芝居を見ていた子どもたちが振り返ると、卑しい者をみるような目で睨んだ。おやじは怒鳴り声を張り上げた。

「だめだぞ、ただ見はだめだ」

おやじの声に合わせ子どもたちがはやしたてた。

ぶらんこに揺られながら、信介はとうちゃん、早く帰ってきて、と心の内に叫んだ。

父は二年前まで人を雇って、新聞販売店を経営していた。ある日、東京の本社から販売促進部の人が来て父に説教をした。普段は短気ですぐ怒鳴る父だったが、その時は顔面蒼白で本社の人に頭を下げっぱなしだった。

「新聞拡大がこの地域では最低ですよ、現状のままでは他の経営者に販売店を任すしかないですね」

と促進部員はいった。

父は雇い人と一緒に早朝から新聞配達をし、昼間は新聞拡張や集金に走り回っていたが、経営は芳しくなかった。寝食を忘れ、やつれて目がぎらつくような仕事の毎日だったが、数カ月後、努力のかいもなく倒産した。

父母と信介は一軒家から長屋に引っ越した。

父はそれ以降、なれない新聞拡張員をしているが、人に頭を下げて拡張するには酒でも呑まないとやっていけないと言い、朝から呑む日もあった。信介はそんな父を好きになれなかった。仕事がうまくいかないと荒れて母を罵り、時には暴力もふるった。信介は父と母の喧嘩を見ていると胸が締め付けられるようだった。貧乏でもよいから仲の良い父と母を願った。

だが父は信介には優しかった。かつて新聞店を経営していたからだろうか、父は市内の映画館にただで入館できた。今年の元旦に、

「信介、映画を見るか」

と映画館に連れていってくれた。入場券を買わないのでもぎりの姉さんに何か言われるのではないかと、信介はどきどきした。父は姉さんに片手を挙げて挨拶しただけで中へはいった。

正月映画「紅孔雀」は館内超満員だった。信介は立見の人の隙間から見た。

帰りには駄菓子屋で花林糖を買ってもらった。とてもうまかった。全部食べてしまいたかったが母に残した。

小学校に入学して間もない頃には「ノンちゃん雲に乗る」を見せてもらった。父は面白くないのか、最後までいびきをかいて眠っていた。父はまげもの映画が好きなのだ。映画館を出てから近くの食堂に入った。父は熱燗で酒を呑み、信介にラーメンを頼んでくれた。銚子を三、四本も空けたら赤い顔をして、口が滑らかになって、穏やかに語りかけてきた。

「信介は将来何になりたいんだ」

「アナウンサーになって金持ちになりたい。それとお相撲さんにもなりたい」

父は頷くと飲食代を払った。

帰り道、父は急に夜空に向かって馬鹿野郎と怒鳴り、電信柱に向けて立ち小便をした。

小便しながらぶつぶつと言っているが、信介には何をしゃべっているのか分からない。馬の小便のように長かった。

通りの端をセーラー服姿の女子高生が顔をしかめ、足早に通り過ぎていった。映画を見た後の心地良さも、ラーメンのうまさも消えて、恥ずかしさと、悲しみにいたたまれなかった。

「とうちゃん、しっかりして」

と叫びたかったが、酔って左右によろめいて歩く姿をみつめると何も言えなかった。後ろ姿に覇気はなく、寂しさに満ちていた。

酒を呑まない父はとても格好が良かった。どうして酒を呑むと人が変わるのだろう。誰もいない時、信介は一升瓶に残っていた酒を嘗めてみたが不味くて吐き出した。父はどうしてこんな水が好きなのか、さっぱり分からなかった。

それでも父は家族のために地方へ行ってかせいでいるのだ。

父が帰ってくれば五円だってもらえる、瞼に父の笑顔が浮かんだ。

校門を出て十分も歩くと、紙芝居が始まる空き地に出る。爪を嚙みながら、あてもなく歩いていた信介は、無意識のうちに空き地の方へ向かっていた。

暑い風が頬に触れ、雲ひとつない上空から強い陽光がそそいでいた。昨日、蛭に血を吸われたところが痒くてズボンの上から引っ掻いた。立ち止まり何度も引っ掻いた。

「信ちゃん」

後ろから声をかけられた。時雄が額に汗を流し息をはずませて駆けてきた。

時雄は同じ長屋の隣の家へ半年前に大阪から一人で越してきた。隣のおばさんの親戚で、事情は知らないがあと半年この長屋で暮らすという。おとなしい色白の子で信介より一つ上である。関西弁が珍しくて時には遊ぶこともあったが、おとなしすぎて信介には面白くなかった。年下の信介のほうがいつも威張っていた。

「どこに行くんだ」

「紙芝居を見に行くんや。信ちゃんは行かないんか」

「見たいけど金がねえも」

時雄は悪いことを聞いてしまったと思ったのか、黙ってしまった。信介から視線を外すと、すまなそうに歩きだした。

信介は、時雄の背に威赫するように言い放った。

「時雄ちゃん、いくら持ってんだ」

時雄は立ち竦んだ。右手の拳をきつく握り締め、戸惑っている。

「いくら持ってんだんべ」

信介は力んだ口調で問い詰めた。時雄はたじろぎながら、細い声を絞るように答えた。

「十円」

「五円おごってくれ」

時雄は血の気が引いたように、哀れな表情で首を左右に振った。

「おつり持って帰らへんとおばさんに叱られるんや。信ちゃん無理や、おごれへんよ」

時雄は泣きそうな声で断った。

信介は時雄の胸ぐらをつかみ脅した。

「なくしたって言えばいいんだんべ。なくしたことにすんべよ。分かったんべな」

どうしても紙芝居を見たい、何があっても黄金バットの最終回を見たい、という強い思いのために、小狡い知恵がくるくると回った。時雄の目じりから大粒の涙がこぼれ落ち、しゃくり上げて泣きだした。

信介は最初のうちは、紙芝居をみつめていたが、しょげている時雄が気になって仕方がなかった。時雄は紙芝居を見ていなかった。魂が抜けたようにぼんやりしていた。時雄の虚ろな目から涙が頬を伝わって落ちた。

泣きべそをかいている時雄の横顔を盗み見すると、信介は自分も泣きたくなった。信介も紙芝居に集中することが出来なくなった。心の奥が痛くなってきた。

紙芝居が終わると時雄は信介を一瞥し、何も声をかけずに帰っていった。信介は悔しく辛そうな時雄の視線に脅えた。

信介は別の道を目的もなく歩きだした。ふと見ると、信介を小馬鹿にしたおかっぱ頭の女の子が、一人で前を歩いていた。

少女は小学三年生で、クラスの副委員長をしていた。可愛い顔のつくりと成績が良いので、先生や男の子に人気があった。

だが信介はうわべのいい子の本性は薄汚いと憎しみを持っていた。

あいつが俺を馬鹿にしたのだ、俺は何も悪いことをしていないのに、みんなの前で恥をかかせたのだ、絶対に許せない。母が働いている製材所の経営者の大切な娘であろうと、仕返しをしなくては気がすまなかった。

信介は憎しみをこめて少女を追った。追いつくと後ろから少女の頭髪を思い切り引っ張った。女の子は悲鳴をあげて泣き出した。信介の手には数本の髪の毛がこびりついた。

逃げながら振り返り、女の子に勝ち誇って、罵声を浴びせた。

「ばあか、かば、ちんどん屋、おまえのかあちゃんでべそ、おまえもやっぱりでべそ……でれすけあま、てめえなんか死んじまえ」

少女は膝を抱えこんで泣いていた。

信介は学校まで全力で走った。校庭を横切り、麦畑を越えると巴波川の土手にたどり着く。川下から涼しい風が吹いてきた。もう夕方だから誰もいなかった。河原におりて薄い石を拾い、水平に投げると川面を切って跳ねていった。数匹のこうもりが虫を捕らえようと、空中を飛んでいた。信介はこうもりに何回も石を投げたが当たらなかった。

時雄を脅し金を奪ったことも、少女に暴力をふるい泣かしたことも忘れて石投げに没頭した。憎しみを持った殺伐な感情は消え去って、寂しさと深い嫌悪感が込み上げてきた。

西の空は茜色に染まり、薄い夕闇が降りてきた。はるか彼方に望める、将棋駒の形をした男体山も輪郭が黒く霞んできた。

家の前まで戻って来ると、長屋の入口の門柱に時雄が荒縄で縛りつけられていた。長い時間縛られていたのか、泣き声もなくぐったりとしていた。

信介は蛇と遭遇した時よりもぎょっとした。

脅してお金をおごってもらった事がばれたのに違いなかった。時雄から眼をそらしても、怖くて佇んでいられなかった。

周辺はすっかり闇に包まれていた。家を出て逃げようかと思ったが、家出して行く当てもなかった。

どうしたらいいんだろう。なぜ、あんなことをやってしまったんだろう、信介は頭を抱えた。自分を呪うが手おくれだ。

どうやったら今の危機を乗り切れるだろうかと思いを巡らすが、どうしようもなかった。うなだれて長屋の裏門からこっそりと家に入った。

玄関の戸をそっと開けて部屋に入る。母は仏壇の前に座り、うつ向いて瞼を閉じていた。信介は蚊の泣くような声で「ただいま」と言った。母は立ち上がり様いきなり平手で信介の頬を叩いた。

生まれて初めて母に叩かれたので痛みよりショックで立ち竦んだ。震えながら母の顔色を窺った。

額の深い皺と、こけた頬、ざんばら髪の母は今まで見たことが無い、やつれ切った母だった。母は身体を震わしながら泣いていた。

「おまえは人様のお金を取り上げるなんて、なんてことをするんだ。そんな卑しい子どもに育てた憶えはない。かあちゃんは情けないよ」

母の目はつり上がり、恐ろしい鬼のような形相になっていた。シャツのボタンが外れて、怒りで垂れた乳房が揺れていた。

「時雄ちゃんは、おまえをかばってお金を落とした、と嘘まで言ったんだよ。かわいそうに」

信介はうつ向き、苦しさに耐えていた。震えが止まらなかった。

信介はこらえきれずに号泣し泣き伏した。

つらくせつなかった。畳におでこをこすりつけ、泣きじゃくりながらごめんなさい、ごめんなさいと何度も謝った。とめどもなく涙があふれ、畳に落ちて染みていった。

十五歳まっただなか

鮮やかな桜の花が校門から校庭の周りを咲き乱れ、薄紅色の花びらが風に舞い、新入生を歓迎していたのは二十日程前である。そめいよしのは花弁を落として緑の葉に覆われていた。学校周辺は濃緑と薄緑色の木々でこんもりとしている。陽光を受けた樹木の間を爽やかな風が吹き抜け、すこぶる気持ちの良い季節である。

樋口信介と数人の仲間たちは、そんな快適な土曜日の午後、校庭の片隅でバスケットをしながら遊んでいた。一時間もすると、バスケットにあきた樋口はボールを空高く蹴った。バスケットボールはテニスコートの方へ転々と転がっていった。

「つまんねえな」

樋口は不機嫌に呟くと力を込め、桜の木を蹴っとばしたが、太い木は微動だにしなかった。ほどよい運動で汗が流れたのに、気持ちはすっきりしない。近ごろは自分のしたいことや目的がわからず無気力感に陥っていた。

「教室に行くべや」

ぶっきらぼうに言う。学生帽を斜めにかぶり、廊下をがにまたで歩きだす。入学したばかりの一年生が擦れ違うと、怖そうに下を向いてそそくさと行く。足早に追い抜いた三人の女性徒は振り返り、じろりと見つめてあきれ顔だ。

六人のがらの悪いこと。つぶれた帽子を蠟燭を溶かして塗り固め、てかてかに光らせている。マンボスタイルのような細いズボンや、ラッパズボンを穿いている者、詰襟の金ボタンを全部外して猛々しかった。

虚勢を張り見た目は非行少年のようだが、樋口は自分も含め全員が臆病で気の弱い中学生だという事を知っている。みんな家庭に問題があったり、学校にすねているわけではないが、将来に希望もなく無目的な虚しさに屈折していた。未熟で不甲斐なさに満ちていたが自己表現も強かった。だから荒々しい身なりと行動で自己満足に浸っていた。

野中が女性徒たちに罵声を浴びせる。

「なんだんべ、俺たちの顔にチンチン電車でも通ってんのか。そんなにじろじろ見るんじゃやねえ」

一人の女性徒が、指で下まぶたを引いてあかんべえをすると、駆け足で去っていった。

「なんだ、あの女たちは」

樋口がむっとした表情をあらわにして野中に聞く。

「あいつら、二年のとき同じクラスだったんだ。『野中君、そんな服装していると恥ずかしい』って、いつも注意されていた。こうるせえ女なんだ」

「もしかすると、野中に惚れているんじゃねえのか。ぶったまげたな」

樋口がうすら笑いしながら野中の肩を叩くと、まわりの仲間がげらげらと大声で笑いだした。

「冗談じゃねえよ。あんなブスよしてくれ。話ちがうけど、今度ツイスト踊んべや。プレーヤーを持ってきてみんなで派手に踊ろうぜ」

野中はにきび面を赤くして早口でしゃべりだすと、身体をくねらせてポールアンカの「ダイアナ」を唄いだした。そして両腕を曲げてツイストを踊りだす。戸惑いと照れがあるのか、仲間の顔をきょろきょろ見つめて身体を揺する。

「ポールアンカもいいけど、プレスリーが最高だな。だけどプレーヤー持ってきても教室にコンセントがねえべな。職員室で踊ったら先公に怒られるだけだ」

小倉がさえない顔をしてぶつぶつ言うと口をとがらせた。樋口も続ける。

「東京じゃ、中学生がシンナー嗅いで踊るっていうじゃねえか。シンナー嗅ぐと酒呑んだ時のように気持ちがいいんだって。誰かシンナーやった奴はいるか」

頷く者はいなかった。樋口は仲間の顔を見渡し話を続けた。

「誰もやってねえんだな。いいことだ。シンナーだけは嗅ぐなってよ。歯ががたがたになって、そのうち頭がおかしくなんだって。煙草喫ったたって頭がくらくらくるんだから、シンナーなんかやんねべな」

樋口は数日前、ふらりと寄った保健室で養護教諭からシンナーについて深く学んだ。シンナーの刺激的な匂いを嗅ぐと一時体がしびれ、気分が解放され酔った気分になる。しかし習慣的に続けると不安感、無気力感が生じる。大量に吸引すると幻覚や幻聴が起き呼吸中枢が麻痺して急死すると言う。

「先生、げんちょうってなんだ」

「幻聴っていうのは外から何の刺激もないのに、音や声が聞こえるように感じること。もうここまでくると廃人と一緒なの。あんたは力があるんだから、友達でシンナーを嗅ぐ子がいたらやめさせるのよ」

聞いていて恐ろしかった。だから仲間たちが絶対にシンナーの虜になってほしくなかった。

「シンナーはやらねえけれど、この前ハイミナルを三錠飲んだらラリったぜ。睡眠薬もくせになりそうだな」

小倉は自慢そうにしゃべりだす。

「樋口のいう通りシンナーだの睡眠薬はやめろ。中学生のうちから廃人になったらどうすんべ。小倉だって馬鹿じゃねえんだから、考えて行動しろ」

野中の怒ったような話にみんな、わかった、わかったと頷いたが、どうでもいいような、いい加減な態度である。倦怠感にどっぷりつかった六人は、かかとの潰れた上履きで引きずるように歩きだす。渡り廊下を歩いて隣の旧い木造校舎に入ると、廊下に卓球台を出して七、八人が歓声をあげ、混合ダブルスで卓球を楽しんでいる。

小倉が冷ややかな顔をしてちょっかいを出す。

「おめえら昼間からちゃらちゃらと、いちゃついているんじゃねえぞ」

樋口たちが小倉のひやかしに合わせて、下卑た笑いを飛ばす。三人の女性徒は一年生だろう、真新しい制服が眩しい。額から流れる汗を白いハンカチで拭くと、怖そうに肩を寄せ合う。だが、軽蔑するような視線を投げてくる。

奥にいた大柄の男が肩を怒らせ前に出てくると、六人を睨みつけて啖呵を切る。

「小倉、卓球をやってんのが、なんでいちゃついているんだ。変ないいがかりなんかつけるな。大体おめえたち態度でっけえぞ」

樋口は舌打ちをして、まずい男がいたなと狼狽した。小山雄二、彼はどう思っているか知らないが、樋口は小学校からのライバルだと思っていた。樋口は柔道初段の腕前を持ちがっちりとした体格をしているが、小山は樋口よりも一回り大きい。中学二年の時から県の水泳大会で入賞し、今は水泳部の主将をしている。

長身でひき締まった身体、鼻梁が高くスポーツ刈の似合う男前である。小学校時代から張りあっていたが、喧嘩をしたことはなかった。

「なにが態度がでっけえだ。てめえら一年の女といちゃついてふざけんな」

野中が言い返す。小山が目をつり上げ、野中の前に出ると、

「てめえ、やる気か」

と、凄んだ。野中は小山の勢いに怖気ついて退いた。樋口が野中を片手で後方に強く押しやると、小山と対峙する。異様な緊張に包まれた。

「小山、でけぇ口たたくんじゃねえよ。がたがた言うんなら俺が勝負してやろうじゃねえか」

低い声を出し睨んだ。内心はたじろいでいるが、仲間の手前引下がるわけにはいかなかった。煮えきらない喧嘩をしたくない気持ちを一掃した。気負った頭の中は理性も消えて、野蛮で短絡な暴力的感情で満ち溢れた。息苦しく、ごくりと唾を飲み込む。

小山は「よしっ」と気合いを発すると、ゆっくりと靴下をぬいだ。樋口も学生服を脱

ぎ、ワイシャツの腕をまくる。

「一対一の喧嘩だ。絶対に誰も手を出すな」

小山は振り返ると、自分の仲間に強い口調で言い切った。二人とも目をそらさないでじっと睨み合う。数秒、目をいからしてぶつかった。小山の鋭いパンチが頬をかすめるが瞬間に身をかわす。樋口の右の掌が左目下を直撃すると、大きな身体がゆっくり後方に倒れる。倒れると同時に鼻血が流れだした。喧嘩は瞬時に終わった。渡されたハンカチで血をぬぐいながら、小山は悔しそうに叫んだ。

「俺はまだ負けてねえからな」

「ああ、俺も勝ったとは思ってねえ。そんなに鼻血がでたんじゃしょうがねえべ。これでもう終わりだ。みんな行くぞ」

流血がひどいので喧嘩はそれで終わった。廊下の隅で一年生の女子が瞼を閉じて震えている。閉じたまつ毛に涙がたまっていた。

樋口は後味が悪かった。校庭で遊びだしても気が重く苛立ちがまとわりつく。野中たちは樋口に一目置いて、ほめ讃える。

「重量級の喧嘩は迫力があるなあ。樋口、さすがだつえよ」

「小山の野郎、これで少しはおとなしくなんべや」

仲間がほめ言葉を言うたびにうんざりし、小山の傷と心の痛みが気になった。虚しさが心の底からこみ上げてくる。

「一発で倒れたんだもの、樋口のパンチは一級品だ。柔道やめてボクシング選手になったらいいかんべな」

ほめられるごとにやりきれない、傷跡のようなものが心の奥に残った。今までも何度か殴りあいの喧嘩をしたが、あまり負けたことはなかった。だが勝っても、すっきりした気持ちになれなかった。相手を傷つけて、自分にひれふさせても満足感にひたったことはない。

近ごろは暴力で人を押さえつける自分に嫌気がさしていた。仲間たちにそんな気持ちをしゃべれない。樋口はワル仲間のトップにいて、ワルぶりを発揮しなければならないという、くだらない見栄を張っていた。不良仲間で樋口より強くて、威張っている奴がいたら樋口のメンツがたたなかった。そんなメンツや見栄がどれほどのものだと自分を問いつめることもあるが、勝ち気で短気な性分は直りようもなかった。本音は自分が一番よく知っている。繊細で小心な自分の心を。

そういう馬鹿な心根が、最近揺れてきた。悔恨に染まり焦燥感に沈んでいた。

「ああ、やだ、やだ」

樋口のため息のような、傷ついた声は誰にも届かなかった。彼は両手で自分の頬を思い切り二回叩いた。頬に指の跡がかすかに残り、不安は増すばかりだった。

二日後の月曜日の午後、樋口の母は学校に呼び出された。樋口は母と一緒に憮然とした態度で校長室へ入る。部屋には校長、教頭、それに小山とそれぞれの担任が待っていた。校長室の中央テーブルに大きな青磁の壺が置かれている。壁には歴代校長の写真が飾ってあり、正面のガラス戸には賞杯が並べてあった。

広い部屋は開放感はなく威圧的である。ポマードの匂いが鼻を突く。

小山の頬が青黒く腫れている。樋口と視線が合うと、

「樋口、俺がたれこんだんじゃねえからな」

きっぱりと言い放った。樋口の担任教師は小山をじろりと睨むと、渋い表情をつくり母親に説教をぶつ。

「お母さん、来ていただいたのは土曜日にこの二人が学校で大喧嘩をやりましてね。それを目撃した一年生の女性徒が父親に話をし、その父親から校長先生に抗議の連絡が入ったのです。見た通り小山は怪我をしているし、捨てておけない問題なのです。樋口の場合、今回が初めてということじゃありませんからね」

最初から釘をさしてきた。

「まことに申しわけございません」

母親は頭の下げっぱなしで、見ていられなかった。あまりにも恐縮している母親が不憫で、教師に対する反抗心を隠し神妙にしていた。

しかし、内心は母親をちくちくいびる担任をぶちのめしたい衝動でいっぱいだった。母の苦渋に満ちた蒼白な顔と、小柄な身体を曲げっぱなしにしている様は痛々しく、親は関係ねえだろうと怒鳴りつけたかった。テーブルの壺を窓に放り投げてやろうと本気で思った。憤怒がこみあげてきたが必死に抑えた。

「小山、君の親はどうして来ないのだ」

教頭先生がきびしく問いつめる。

「親父は子どもの喧嘩でいちいち学校に呼び出されていたら、おまんまの食いあげだと言ってますよ。子どもは喧嘩をしながら自立心ができ成長すると話をしてた。どうしても喧嘩のことで話があるなら、先生が家に来てくれってさ。そんなわけで今日はこねえよ」

「何て言い方するんだ、君は」

小山の担任は校長、教頭の手前もあるのか急に大声を張り上げる。

「先生、大声ださなくてもいいべな。だけど親父の意見は正しいと思う。だいたい喧嘩した俺と樋口は仲直りをしているんだ。一人を大勢で殴ったとか、下級生をいじめたとかじゃねえんだ。正々堂々やりあったんだ。こんなに大げさにしねえでいいじゃねえか」

四人の教師に少しも物おじせず、小山は最後まで自分の主張を通して謝らなかった。神妙にしていた分、樋口の方が先に帰された。小狡い自分が情けなくおぞましかった。樋口は小山の図太さと一徹に脱帽し、名状しがたい感動に胸がいっぱいだった。小山の親父さんの心意気にもすっかり敬服した。すげえ親子だなとうらやましく強く魅かれた。

修学旅行は十台のバスが連なって学校を出発した。

小山との喧嘩を理由に、担任から「引き続き態度が悪ければ、修学旅行に連れていけない」とねじを巻かれていたが、みんなと一緒に旅立つことができた。

総勢五百名近い三年生は、富士山をバスで一周する豪華な旅に胸をわくわくさせている。樋口は二泊三日の旅は初めてなので数日前から胸が高なり、昨夜は興奮してあまり眠れず煤だらけの天井をずっと見つめていた。三年五組のバスは当然ながら五号車だ。樋口は野中たちと一番後方に座った。

国道四号線に入ると、故郷の大平山や晃石山の薄緑の尾根が遠くに消えていく。チューインガムをほおばり、キャラメルを嘗めて一息つく。

前方から送られてきたマイクを握ると野中は、去年から流行だした「ルイジアナ・ママ」を唄いだす。声量がありリズムも良く、みんな肩を左右に揺すり唄いだす。野中は調子が出たのか、立ち上がってツイストまで踊りだす。ガイドが褒めると頭を掻いて喜んでいる。

前の席に座っている朋江が「下町の太陽」を高い声で唄う。うまいと思い、朋江に大きな拍手を送る。「寒い朝」や「若い二人」など今、人気の曲を級友たちは唄い続ける。時には童謡を唄う人もいて、活気づいた楽しさがゆったりと包んでいる。樋口はハミングをしながらなごやかな車内の雰囲気にとけこみ、のびのびと心をひろげた。

副委員長の真理が「琵琶湖周航の歌」を独唱すると、澄んだ声が車内に響き騒がしさが消えていく。聞き惚れて胸がきゅんとし、甘く淋しい感情で溢れてきた。

そんな表情をみんなに見られたくないので、車窓から流れる景色を追っていた。

バスが止まり、最初の休憩所でばったりと小山に出会った。

「オッス」「オッス」

お互いに挨拶を交わしたが、小山の頬は相変わらず腫れていた。それでも学生服をびしっと着こなし颯爽としている。

「樋口、なんだその学帽は。そんなにぶっちゃぶすとみっともねえぞ」

樋口の頭を指差し、高笑いをしているが嫌味はなかった。小さい声で尋ねる。

「顔の怪我、大丈夫か」

「ああ、もうなんともねえ。でも痛くはないが腫れがひかねえのでまいっちゃうよ」

屈託なく応えてくれた。一言、二言の会話で小山との希薄だった人間関係が深まったように感じて、うれしかった。

しかし、車が止まるたびに他のクラスのワルたちが樋口の所に集まり、小山の事をぼろくそにこけにし樋口をほめ讃えていく。宿に着くと小山を誹謗する噂があちこちで広まっていた。

「図体はでけえけど、からっきし意気地がない」

といった根も葉もないでっちあげの話だった。小山の青黒い傷が目立ち、それを野中や小倉たちが樋口にぶっとばされたと、言いふらしていたためだった。

樋口は校長室での小山を見ていて、自分よりも一枚も二枚もスケールが上だということを知っている。休憩所で挨拶を交わし、互いに好意的に話も出来る仲になっていることを肌で感じていた。

旅館で夕食を食べた後、樋口は野中や小倉たちを外に連れだした。

「樋口、モクでも喫うべや。持っているぜ」

小倉がピースを学生服の内側のポケットから取り出しマッチをすると、陰気な顔が暗闇

に浮かび上がる。樋口は怒ったように手を左右に振り、

「いらねえよ。こんなところでモクなんか喫うんじゃねえ。先公が見回りしているぞ」

樋口がいらいらしているのを感じたのか、野中がおべんちゃらを言う。

「小山の野郎、樋口にのされてから、おどおどしてだらしねえ。もう一回しめてやんべか」

樋口は怒鳴りつけたかったが、ぐっと押さえて校長室での出来事を素直に語った。控えめな口調で本音をもらした。

「そういうわけだから、奴にからむんじゃねえぞ」

仲間たちは、ふうんという声を出すと驚いた表情をあらわにした。小倉は納得しないのか、ぶつぶつと不快感を示す。

「樋口よ。そんなあめえ態度とってたら、みんなになめられんど」

「うるせえ、おめえは黙ってろ」

一喝すると、小倉は下を向いててちえっと舌打ちした。

樋口がひきつった険しい顔で小倉を激しく睨みつけると、小倉は不貞腐れて歩きだした。

部屋に戻ると野中がトランプを取り出す。

「せっかくの修学旅行だもの、楽しくやんべよ。だち公どうしで不愉快な顔をしててもしょうがねえべ。俺、女たち呼んでくっから」

野中はクラスメートの大半を引っ張ってきた。樋口には真似の出来ないことなので、野中の素早さに舌をまいた。だらだらしていた男子生徒たちは急に活気づいてくる。

樋口は以前から気があう朋江や真理と、トランプや雑談に花を咲かせていた。だが、途中から車座に加わった水野史織の存在が妙に気になりだした。三年になって初めて同じクラスになり、話もしたことがない。目立たない、おとなしい女という印象が強かった。それなのに、史織がそばにいるだけでなんとなく心をくすぐられる。トランプに熱をあげていても、おしゃべりな朋江や真理と違いあまり話をしない。

気になるから樋口はそっと史織を見つめる。すると史織もすっと見つめ返す。視線が合っても、史織は外さないので樋口はどぎまぎした。修学旅行がそれぞれを解放感に浸らせているのだろうが、史織の視線は随分と大胆に思う。それにしても、どういうつもりなのだろう。樋口の顔に怪訝そうな色が浮かぶ。

じっと見つめるとすごく可愛い。今まで話をしたことがなかったのは実に残念だった。樋口が再び史織を盗み見すると、史織は柔和な顔に笑みを浮かべ声をかけてきた。

「樋口さんって、すごく怖い人かと思っていたけれど、面白いし優しいのね」

率直な感想と悪戯っぽい視線にたじろいだが安堵につつまれた。

「そうよ、不良ぶって格好つけているけれど、根は単純で純情なのよ。ねぇ樋口君、そうでしょう」

朋江が口をはさむ。樋口は頬を紅潮させ
「でれすけあま、何が純情だ。ふざけんじゃねえよ」

むきになって、大声をだした。

「ねえ、史織ちゃん、この通りなんだから、すぐ照れちゃうの。あきれちゃうでしょう。でもそんなところ、樋口君の良いところよ」

朋江がからかいだすと、真理も史織も野中も腹の底から笑いだした。樋口一人だけ不愉快そうな苦り切った顔をしていたが、内心では喜んでいた。

史織って素敵だなと思い心が乱れる。女にそんな想いを持ったのは生まれて初めてであった。布団に入り瞼を閉じると、史織の顔が浮かんでくる。温和な表情と二重瞼のすっきりした顔つき、史織との会話がまざまざと思い出され眠気が飛んでいく。わくわくして、先程の光景がいつまでも瞼から離れない。隣の布団から野中が顔を向けて、

「さっきからにやにやして気持ち悪いぞ」

眠そうな低い声を漏らしたが、聞こえないふりをして布団をかぶった。気力の起きない

生活の中で、グレた真似をしていても面白い事は何一つなかった。毎日遊び歩いても何も面白くなかった。だが修学旅行の中でかつてない安らぎを与えられた。

ういういしい心がひろがり、無意識に「ううん」と切ない吐息がこぼれる。野中は軽い鼾をかいていた。

休み時間廊下に出て、教室内を眺めるといつも史織の横顔が目に映る。ひそかに見つめているだけで、胸がしめつけられた。史織と修学旅行後、話をしたことは一度もなかった。恥ずかしくて声がかけられなかった。野中たちは旅行後、急に真面目になった樋口をいぶかしげにみていた。

大鵬が史上初の六場所連続優勝して、マスコミが連日大騒ぎをしている五月末の日。昼休みは校庭でクラスのミニ相撲大会となるが、町道場で柔道の稽古をしている樋口は断然強い。

全身汗まみれで午後の授業に着くが、樋口はつまらない授業にあき、机につっぷして居眠りをしていた。隣席の朋江が樋口の背中を叩く。

「樋口君、起きなさいよ。いつまで寝ているの。あきれちゃうわ」

「うるせえな、何だよ。何か話があんのか」

樋口の眼は腫れぼったい。大きなあくびをすると口の端に垂れた涎を拭き朋江を見つめた。

「うん、とっても大事な話」

「なんだんべ、大事な話ってのは」

樋口がどきりとしながら聞いた。その瞬間、英語教師の大声が室内に響く。

「うしろの二人、何しゃべってんだ。うるさいぞ」

朋江は教壇の教師を睨み肩を竦めると、

「休み時間にね」

と言って黙りこんでしまった。

二階の窓から植え込みが見える。白いつつじの花が枯れて薄茶色にひからびていた。赤いつつじの花は時期遅れなのに満開である。きれいに刈込まれた濃い緑の中に咲く、赤つつじの花は生き生きとしている。

保健室の養護教諭が白衣をなびかせ、スキップをしながら花壇の前を通って行く。樋口は消しゴムを若い養護教諭に投げた。消しゴムは地面に落ちて、養護教諭の前で斜めに跳ねた。赤チン先生は下から睨みつける。樋口は窓から顔を出し手を振った。先生は小さなこぶしをつくると、殴る格好をして笑いながら立ち去った。

樋口は養護教諭に週一回はお世話になっていた。頭が痛い、熱が出たと言って体温計を拝借し、保健室のベッドの中で体温計をこすり三十八度にして早退を繰り返していた。近ごろはそれがばれて保健室に行きにくくなっている。気を引くために、プラモデル用の接着剤、プラボンドの匂いに惹かれた話をしたら、

「あんたは何て馬鹿なの」

と心の底から怒られた。

「やってもいない嘘をついて関心を引こうなんて、なんてだらしない真似をするの。見損なったわ」

痛いところを突かれて悄然とした。先生の批判は図星だった。それから保健室が遠い存在になっていたが、さっきの笑顔でほっとした。

最近は早退届けも出さないで、黙って帰ることが多くなった。口うるさい担任はあきらめたのか、樋口を叱ることを忘れたようだ。

退屈な英語の授業がやっと終わった。

朋江が顔を近づけ真剣な表情で切りだした。

「樋口君、素直に聞くけど好きな人いる」

すごい問いなので一瞬あせりたじろいだ。しかし朋江は気心のしれている間柄だ。うん

と言って頷いた。

「教えて」

おどおどしながらも思考をめぐらせる。いいチャンスだ、この際はっきりさせようと思った。

「教えてもいいけど、俺も知りてえことがある。だちこうの一人が水野史織を好きなんだ。史織が好きな男がいたら教えてくれ」

頬をあかく上気させ低い声で応えた。

「分かった。史織ちゃんと私は親友だから彼女の好きな人を知っているわ。樋口君、正直にこの紙に書いて。私も史織ちゃんの好きな人を書くから」

朋江はノートを破いたのか白い紙を樋口に手渡した。樋口は幾分緊張しながら、好きな人、水野史織とボールペンを走らせた。

朋江と交換して紙きれをしっかりと見る。樋口信介と書いてある。ぎょっとすると、ぶるっと震えがきた。嘘だろう、思わずつぶやく。もう一度見る。樋口信介。朋江の達筆な字の名前は信じられなかった。呆然とし虚脱状態で、立ちすくんだ。

朋江は樋口の書いた名前を知り、

「良かった。史織ちゃん喜ぶわ」

と言うと、こぼれ落ちそうな笑顔で樋口の肩をぶつ真似をする。樋口は朋江にちゃかされていると思い、

「なんで俺の名前なんか書くんだんべ。馬鹿にすんなよな」

気力の無い、弱々しい声だったが瞬きもしないで見つめる。朋江は手を左右に振ると力強く平然と断言する。

「嘘じゃないわ、本当に史織ちゃんは樋口君を好きなのよ。だから樋口君の気持ちが知りたかった。とってもうれしいわ、樋口君も史織ちゃんを好きだなんて」

「そうけ」

感激に包まれ呟くと、樋口はじーんと痺れ、頭の中が瞬間に真っ白くなったように感じた。粗野で乱暴で、ごつい顔をしている自分をよく知っているから、女に好かれるなんて夢にも思っていなかった。いつも一人になると孤独な時間に耐えられなくて、現実から眼をそらし空想の世界に浸り寂しさから逃げていた。それが初恋の史織に好かれていたなんて。

こんな喜びは十五年間の人生の中で初めてだった。もう、うれしくてうれしくてたまらなかった。それなのに顔がひきつり、言葉がでなかった。朋江は樋口の泣いているのか、笑っているのか分からない歪んだ顔を凝視すると、

「番長しっかりしろよ。いつまでもうろたえていると、すぐ振られちゃうぞ」

男言葉で樋口を激励すると踵を返して、教室から出ていった。樋口は深いため息をつく。一息つくと、歓喜と感動が全身を包み心の深部が爆発するようだ。

クラスメートがいなければ、万歳と絶叫し校庭を全力で疾走したかった。でも少したつと、一抹の不安が心の片隅にくっきりと残った。


学校には柔道部はなかったが、中学校の近くに桑名道場があり、樋口や野中は週に何度か稽古で汗を流していた。樋口の中学校から十人も稽古に通っており、黒帯は樋口の他にもう一人山橋猛がいた。

桑名道場の先生の薦めもあったのか、中学校の大会に初出場することが学校から連絡された。柔道大会ばかりでなく、相撲大会にも臨時にチームをつくり参加するという。

樋口は少し緊張したがうれしかった。今のメンバーなら上位入賞も夢ではないと思った。急遽、柔道部をつくり主将に山橋、副主将に樋口が選ばれた。山橋と樋口は中学一年の時から桑名道場に通い、二年生の秋に昇段試合でそれぞれが、三人の高校生を投げて初段に昇進していた。そんな二人だが、番長面の樋口でも山橋には頭が上がらなかった。どんなに練習に励んでも彼には勝てない。

山橋は百八十センチの身長と七十七キロの体重があり抜群の運動神経である。せんだっての県陸上大会では、八百メートルリレーで優勝。砲丸投げも入賞し、走っても投げても抜きんでた実力を持っていた。

柔道の切れ技は超高校生並であると桑名道場の先生が話しているが、その通りの強さを誇っている。道場の乱取りでは有段者の高校生が面白いように投げ飛ばされていた。

山橋を何としても倒したい。歯を食いしばり稽古に励んだが一度も勝てなかった。怠け者の樋口が、柔道練習には驚くような努力を積んだが、天性の柔道家には及ばない。山橋には勝てないという悔しい思いで、柔道練習から少し遠ざかり遊び歩いていたが、試合に参加できる事で再び柔道に対する情熱が燃え上がった。

大会が近くなるに連れて、練習時間は長くなる。道場は汗と黴の匂いが充満しむんむんしている。五人続けての乱取りで道場の片隅で倒れるように休んだが、極度の疲れで呼吸するのも苦しい。柔道着は汗をたっぷりとすいとり臭くて重い。絞ると汗が流れ出るようである。他のメンバーも苦しそうに肩で息をしている。平然と練習を続けるのは山橋だけである。

ヤカンの水をぐいぐい飲みほした。寝技に入ると胃袋の水の揺れる音がかすかに聞こえる。

山橋が額から汗を流して声をかけてくる。

「郡大会で二位にならないと、県大会には出場出来ねえぞ。団体戦は俺と樋口が勝っても、他の奴がきびしい。樋口、みんなに気合いを入れてくれよな」

にやっと笑うと強く肩を叩いた。樋口は不貞腐れたように「ああ」と返答したが気持ちは一緒だった。激しい稽古は樋口が抱える孤独感や不健全な感傷を一掃していた。そればかりか、身体を酷使した後の爽快な気分を味わった。肉体を強靭に鍛えていくと、精神も高揚し充実感が深まっていく。

練習後、野中と一緒に銭湯へ行った。裸になり大鏡の前に立つと、連日の猛稽古で贅肉が取れたのか、引き締まってきた。体重は増えているが頬はこけて、腹筋が締まり痩せたように見える。野中も逆三角形の上半身を鏡に映し、プロレスラーのように両腕を曲げてポーズをとる。樋口の下半身を覗き見すると、真面目な顔をして忠告してくれた。

「なんだ、包茎の皮かぶりか。風呂の中なら皮をむいても痛かねえぞ。皮をむいてよく洗わねえと、白いかすがたまって汚ねえし使いものになんねえべ」

ほうけいなんて言葉を聞いたのは始めてだが、最近は乳首の下に十円玉が入っているようなしこりを感じるかと思うと、朝起きるとパンツが汚れていたり、自分の身体の微妙な変化に驚くことが多く気になっていた。

「乳首じゃなくて、にゅうりんていうんだ。樋口の好きな保健室の先生に教えてもらったんべな。乳輪の中のしこりは男なら誰でもできる。おめえのように十五歳になってしこるのは遅い方だ。とにかく、しこるのは思春期の特徴だから心配ねえべ。俺なんか小学校の六年の時にできたぞ」

野中の偉そうな講釈を聞いたが内心はほっとした。

しかし自分の無知をはっきりと指摘されたので、しゃくにさわり軽石で背中をこすってやったら野中は飛び上がった。

風呂から出た後のコーヒー牛乳のうまいこと。樋口は二本も飲んでしまった。外に出ると遠くで雷鳴が轟いていた。

すさまじい猛練習で身体をいじめ、毎晩ぐっすりと眠り、教室での史織との会話もすこぶる楽しく充実感に満ちた生活が続いた。

郡大会には二つの市といくつかの町村から二十五の学校柔道部が参加した。樋口の学校は初出場だから、どのチームにもマークされていなかった。山橋も樋口も黒帯を締めないで白帯で試合に出た。

団体戦は二人の活躍で準決勝まで勝ち上がったが、準決勝で樋口が対戦相手の払い腰で一本負けを喫し敗退。

結局三位で県大会出場は果たせなかった。

個人戦は二人が勝ち進み、とうとう決勝で対戦することになった。山橋は順当だが樋口はできすぎである。樋口の激しい闘争精神に対戦相手がみんなびびっていた。決勝では二人とも黒帯に締め直した。

「やっぱりな」そんな声が耳に入る。前評判のなかった二人が決勝に登場したので、試合場は騒がしかった。

審判長が「はじめ」と声をあげた。

樋口はきびしく山橋にむかいあう。組み手は右の樋口に対し山橋は左である。組んだ瞬間に山橋の組み手が上回った。腰を引いて逃げようとするが、奥襟をがっちり握られ左の袖を強くしぼられ動けない。きびしい出足払いをぐらつきながらもこらえ、技を出そうとするが山橋は動じない。

思い切り渾身の力をかけて背負い投げをかけるが返される。気合いを込めて再度、背負い投げにいくが掛けた瞬間、山橋の体落としがそれよりはやく樋口の体をとらえていた。

激しく畳に叩きつけられていた。

「一本」審判長の右手が高々と上げられていた。

山橋が笑顔をつくり右手を差し出してきた。樋口はその分厚い手をしっかり握った。悔しさも腹ただしさもなくさわやかであった。

「二位か、俺もやればできるじゃないか」

呟くと両手を伸ばし頭上を見上げた。常に自分を虚しい存在と思っていたが、努力をすればそれなりの結果が得られたので満足感に浸たり、笑みがこぼれた。試合の緊張感が薄れていくと、忘れていた史織の顔がぼんやりと浮かんできた。

県大会は山橋が圧倒的強さで個人優勝した。樋口は二回戦で敗退した。県大会の迫力ある雰囲気にのまれてしまったのが敗因だった。ざまはなかった。

柔道が終わると相撲大会である。臨時クラブとして集められたのは山橋と樋口、水泳部の小山、野球部の柏倉それに中学校を卒業したら春日野部屋に入門が決まっている、二年生の中川たちである。中川は体重が百二十キロもある。樋口以外の部員もみんな七十キロ以上の体格で、そうそうたるメンバーである。

初めてまわしをしめたが、ぎゅうっと股間を締めつけられ気持ちがひきしまる。指導する先生もいないので、勝手に四股を踏みぶつかり稽古を繰り返す。それぞれが小学校から校内相撲大会を経験しており、相撲技は知っている。裸で恥ずかしがっていた者も、激しいぶつかり稽古になったら照れなぞ消え去った。

みんな選ばれた自負と実力があった。しかし山橋は強い。相撲取りになる中川も土俵に転がされる。樋口は柔道と違い、ぶつかり稽古では時には山橋を倒した。

六十五キロしかない樋口は、がっぷり組むと勝てないが頭から相手の胸に激しくぶつかり、瞬時にけたぐりをかけると山橋も中川も何度か横転した。

夏の強い日差しを浴びて、泥と汗まみれの相撲部員をいつのまにか同級生たちが観客になって土俵を囲んでいた。桜の木で鳴く蟬の声がけたたましいが、猛稽古にはげむ部員はいっこうに気にならなかった。必死のぶつかり稽古で少し殺気だってくる。そんな中、二年生の数人がにやにいや笑いながら見物しているのを樋口は見逃さなかった。

「おまえら、なににやついてんだ。裸で相撲をやっているのがそんなに面白えのか。土俵に上がってこい。もんでやるぞ」

全身汗まみれの体で仁王立ちになり怒鳴りつけると、二年生は恐れて泣きそうな顔になった。山橋が樋口に低い声で言う。

「よせよ、こんな所で怒鳴るんじゃねえよ。おめえは本当に短気なんだから」

振り返ると泣きそうな下級生たちに、片手をふり「さっさと帰ちゃいな」と優しい声をかけている。小山もあきれたように言い放つ。

「相撲で県大会優勝するために頑張ってんのに、チンピラみたいな脅しはよせよ」

二人の批判で頭にきたが、山橋や小山とやり合う気はなかった。稽古の後にプールに飛び込み汗を流す。ゆったり泳いでいると、さっきの不快感は消えてすっきりする。ぶつかりあい、突っ張られ、倒されたあとの筋肉の痛みが何ともいえず心地良い。

部員の分厚い胸や太い腕も見事だが、全員黒々としたわき毛がはえているのにはびっくりした。樋口にはそんな兆候はまだ全くなかった。

郡大会の参加チームは樋口の中学校同様に、柔道大会に参加した中学生が多く顔見知りが多い。彼らは試合前からあきらめ顔で、謙虚な事をしゃべっていたが言葉とは裏腹に激しく闘志を燃やしていた。

全試合とも五対ゼロか四対一の圧勝で完全優勝した。臨時クラブで練習不足もあり、大会も初参加なので本心は優勝できるとは思っていなかった。しかしカップを受けると優勝した実感がわいてきた。

めざすは県大会である。本音で優勝出来るのではないかと自信を持ち始めた。樋口だけでなく部員全員が同じ気持ちだった。郡大会で分かったのは、参加してくる相撲部は樋口たちの中学校と同様に臨時のチームが多かった。県レベルでも相撲部として日常的に稽古をしているのは数える程しかないという。

その事実は樋口たちを奮いたたせた。それならば体力や気力に優れている我々にも充分に勝てると、みんな真剣に思った。限られた少ない時間だったが、猛稽古に励む日々が続く。

県大会は先鋒に山橋、二番手に中川、中堅は小山、副将に柏倉、そして大将は樋口の布陣を組んだ。前半で勝って上位進出しようという体制である。予選も決勝リーグも郡大会同様に相手を寄せつけなかった。

決勝の相手は県北の雄、優勝候補と言われている、鳥川中学である。これに勝てば完全優勝である。しかし噂通りの強さである。山橋、中川がよもやの敗退、かろうじて小山、柏倉が勝って二体二で迎えた最後の勝負。

大将対決である。

樋口は異様な緊張感で喉が乾き、唾を飲み込もうとするが飲み込めない。息苦しく、息詰まる。小便も出ないのに何度もしたくなるほど気が張っている。胃が収縮し痛みが刺し抜いたような錯覚を感じる。

どうしても勝ちたい。その強い思いが、胸の中でふつふつと湧いてくる。両手で胸と太腿を何度も強く叩き、気合いを入れてじっと睨む。二回り大きい鳥川中の大将も負けずに鋭く睨み返してくる。

激しく頭からぶつかる。もろ差しを狙ったが、がっぷり右四つに組み取められ、寄りたてられる。力が強い。土俵際まで押されるが、満身の力で耐える。反り身になってこらえる。

数秒の土俵際の攻防だが、長い時間に感じる。まわしを握る両指と腕が痺れてくる。組んだ相手の寄りが弱くなる。

「頑張れ」

小山や山橋の声援がかろうじて耳に入る。下からしぼるように押し返す。二人とも喘ぎも激しい。ぐっと押してこらえた所を右の上手投げをかける。前のめりに傾いたが相手も必死にこらえる。その瞬間に右足を敵の右足に飛ばす。

蹴返しが見事に決まった。鳥川中の大将は土俵に四つんばいになった。

勝った。信じられなかった。

うれしくて土俵の上で右拳を高々と上げたら、審判に

「神聖な土俵で馬鹿な事をするな」

と怒鳴られた。何が神聖なのか分からないが、樋口は土俵を降りるとガッツポーズを取り「うおー」とおたけびをあげた。荒々しい心意気は歓喜にのまれ静まっていく。

仲間たちが樋口の背中や頭を叩いて、喜びを分かち合っている。感動がひしひしと湧いてくる。

樋口は不甲斐ない己でも真剣に努力すれば勝利を獲得出来るのだと深い確信を持った。

柔道や相撲の道をこれからも自分のために深めていこうと思いを巡らした。

「今春の地方から中卒者を運ぶ就職列車がピークとなり全国で七万八千人が運ばれる」

新聞を読み、そうか中卒は金の卵なのかと一人で合点した。野中や小倉たち樋口の遊び友達は、みんな東京へ就職する。三年五組でも十三人が就職を決める方向だ。就職組は毎日のんびりと学校生活を送っているように見えた。だが、内心は辛いと嘆いている女子生徒がいるのを知らなかった。気安く言ってしまった。

「就職して、いっぺい働き、金もうけしていい服着て銀座を歩くんだんべ」

「もっと勉強がしたいの、でも家が貧乏なので高校に行けない。だから東京で就職が決まれば、定時制高校へ行くつもりよ。就職する女の子たちは、みんな同じ気持ちなんだから。何がいい服よ。樋口君に私の気持ちなんか分かんないよ」

蒼ざめた表情でまくしたてた。普段、寡黙な級友なので、その剣幕に驚いた。馬鹿なことを言って心に傷をつけてしまった。きりきりと胸が痛む。悔恨に染まり頭を下げた。

「わるかったな。嫌味で言ったわけじゃねえんだ」

謝りながら自分の無知を恥じた。本心で謝ったがいつまでもしこりとして残っていた。喧嘩をしなくなったら言葉の暴力を平気でやってしまう、何て馬鹿な男なんだろう。腹立しさと虚しさに襲われる。

秋になっても樋口は勉強もしないで仲間と遊び歩いていた。あれほど情熱をこめた柔道練習もさぼっている。大会が終わったら目標がなくなりしょんぼりしていた。

「おめえら、いいな。俺も東京へ行きてえな」

樋口は女子生徒にきつく叱られたのに、また同じようなことを自嘲ぎみに言う。かったるく、無気力な日々が続いている背景もあった。野中が強い口調で言う。

「そんなことねえべ。俺だってもうすこし頭がいければ高校へ行きてえよ。十八歳まで学校へ行って、遊びてえぜ。東京で小僧扱いされて、朝早くから、夜遅く迄こきつかわれるんだ。考えただけでもぞっとするべ。高校へ行ける樋口がうらやましい」

「本当だ。野中の言う通りだ。樋口もいつまで俺達と遊んでねえで受験勉強始めろよ」

小倉が諭すように本音で言う。

「分かった、分かったよ。おめえらから説教食いたくねえ。よーし今夜、久しぶりに集まって派手に踊るべ」

小倉の家に五人集まり、少しビールも飲んだ。苦いだけで全然うまくないが無理して飲んだ。

プレーヤーに載せたレコード盤「太陽の下の十八歳」が回りだすと五人は身体を左右、

上下に振り踊りだす。両腕を胸の前で回し、時たま片足を上げリズムと一体になってい く。みんなしびれだし、曲と舞踊に陶酔する。三十分も舞っていると、汗が全身から流れ落ちる。坊主頭からしたたり落ちる汗を手ぬぐいで拭き、コーラを一気に飲みほした。

仲間と日常を忘れ踊っている時と、史織と一緒にいる時だけが生き生きと輝いていた。孤独も苛立ちもなく安堵につつまれる。

踊りにあきた五人は、外に出て裏通りをぶらつく。街灯の裸電球の薄灯りにひかれて、大きな蛾が羽音をたてて飛び回っている。通りから畔道に入ると漆黒の闇である。コオロギが鳴く草叢に小便をする。野中がズボンを持ち上げて、ぶるっと二度ほど身体を揺する。

「ちんぽこがたっちゃった。どうすんべ」

と、頓狂な声を出す。笑いながら小倉が合わせる。

「それじゃ、せんずりやれよ。俺もせんずりかきたくなった。一緒にやんべ」

樋口は一瞬、きょとんとした。

「何だ、せんずりって?」

四人が大声で笑いだす。小倉があきれたように樋口を見つめ説明してくれる。

「樋口は本当に何にもしらねえんだな。せんずりちゅうのはオナニーのことだ。オナニーは知ってんべ」

「知らねえ」

「しょうがねえな。樋口の好きな女でもいいし、綺麗な女優でもいい。そいつの裸を思い浮かべて、ちんぼこをこすってみな。気持ちいいぞ。最高の気分になると精液が一メートルも飛ぶぜ」

樋口は小倉の話にびっくりした。自分の知識のなさにあきれると同時に、月に何度かパンツが汚れることを思い出した。

「夢精なんかしたらもったいねえ」

という小倉の言葉が胸にささる。それにしても、仲間たちの性の知識の豊かさに樋口は唖然となった。性の話を聞いていると、頭の中で火花が飛ぶような動揺が起きる。ぐんぐんと突き上げる性の衝動、股間が疼く。欲望が息づいている。ふぅと低いため息をつくと、辛うじて支えている心棒が折れそうである。

史織の裸を想像したが、裸像は浮かばない。あらわれるのは優しい笑顔だけである。裸体を心の中で思いはかるなんて、とんでもない。そんな思いに至った自分が卑しくなり首を左右に振った。性の強烈な魅惑よりも純粋な恋心の方が強かった。激しく渦巻いた性の欲望は一瞬にして去った。

仲間は闇の中でパンツを下げると、前後に激しくしごき喘ぎ出す。誰かが「うっ」と声を漏らすと、かすかに栗の花のような匂いが漂ってきた。樋口はそんな光景を横目で眺め、呆然と佇んでいた。

十一月九日、大牟田の三井三池炭坑でガス爆発事故が発生し死者四百五十七人、重軽傷五百人の大惨事が起きる。同じ日に横浜の鶴見駅で二重衝突事故、百六十一人の死者が出た。

悲惨で重苦しいニュースは樋口たちの胸を打つ。国鉄は去年の五月に三河島駅で脱線した貨物列車に、下り電車が追突、そこへ上り電車も突っ込み百六十人が死んだばかりであった。

課外授業が終わり、薄暗くなった校門の前で佇んでいると、桜紅葉も終わったのか黄蘗色に変色した枯れ葉がひらひらと舞い落ちてきた。舞う枯れ葉にふと心を奪われる。そめいよしのを見上げると、薄茜と萌葱色の枯れ葉がわずかに残っている。木々は枝を広げ、すべての葉が落ちるまで悠然と構えているようで、いつまで眺めていてもあきなかった。

史織が足早に近づいてきた。

「待った」

「いや、俺も今来たところだ」

薄いカバンを脇にかかえた樋口は、史織と夜道を歩きだす。

「高校受験どこに決めたの。中間試験、樋口さん頑張ったのね、六十三番だものすごい。廊下に張りだされた成績表見てびっくりしたわ。私、百番以下だから名前載らなかった」

「この間の試験はカンニングで調子よくやったんだ。あんな実力、俺にはねえよ」

「嘘よ、朋江ちゃん隣の席だから樋口さんの勉強態度、良く見ているしカンニングなんかしてないって、言ってるわ」

「ああ、勉強だの、受験だのかったるいなあ。水野はどこを受けるんだ」

「私は女子高の家政科を受験するの。すべり止めに私立も受けるけどね。どっちにしろ高校は別々ね」

樋口は黙って頷くと、昨夜のことを思い出した。

受験のことで母親と話しあった。樋口は普通高校に入学できる自信があったが、高校に入り勉強漬けになるのは耐えられなかった。商業高校か工業高校にするのもあまり気がのらない。そんな話をすると母親は、

「仏さまに決めてもらうべ」

と言うと、仏壇に深々と頭を下げお題目を唱える。樋口が生れてまもなくすると、脇の

下に大きなこぶができて大騒ぎになったが、ある宗教団体に入会し、毎日お題目をあげたらきれいにこぶがとれたと言い、母はそれ以来熱心な信者である。

樋口はそんな話は信じない。だいたい神だの仏が本当に存在するなら、泥まみれで地の底で働いている真面目で貧しい労働者が、五百人近く事故で死ぬなんて考えられない。鶴見駅では何の罪もない子どもが多数亡くなっている。貧しい人や弱い人々を救うのが、神仏なんだろうと強く思う。

宗教なんてくそくらえと思うが、そういう態度をあからさまにすると、母が心の底から悩み苦しむので、時には心を偽り仏壇の前に座ることもあった。親孝行も大変だなと痛切に思う。邪険にあしらったらどういう事になるのだろう。信じない事を孝行の為に信じる真似をしてよいのだろうか。時にはそんな事を深く考えるが解答は出なかった。

母は箸を三本湯のみ茶わんに入れて、樋口に一本引かせる。三本の箸の先には普通、商業、工業と書かれた小さな紙が貼ってある。樋口は工業高校を受験することになった。ひどい決め方にあきれたが、母親の笑顔を見ていると文句も言えない。黙然と口をつぐむしかなかった。

「信介、うちはお金がないから私立のすべり止めはないよ。県立一本で頑張れ」

励ます母を見ると、髪が白くなり顔の皺も深くきざみこまれている。母にはさんざん心配ばかりかけてきたなと強く感じ、受験は頑張らなくてはと一応は決意する。仮に工業高校へ入学できても、将来に何の目的も希望もなかった。どう生きていったらいいんだろう。へこたれない充実した生き方が分からなかった。絶望に沈む時もあった。

だが、昨夜の愚かな話を史織には伝えられない。仏の導きを受けて、くじ引きで受験を決めたなどとしゃべったら笑い者になるだけだ。

大通りの交差点で信号待ちをしていると、後から猛スピードで走ってきた自転車が二人の前で急ブレーキをかける。史織は驚いて歩道の隅に退いた。

「樋口に水野か。こんな時間に制服姿で歩いているから誰かと思った。樋口、なかなかやるじゃねえか。二人がそんな仲だなんて知らなかった」

小山がびっくりした顔でしゃべりかける。

「オッス」

樋口は照れを隠して挨拶をする。史織は両手でカバンを抱えると下を向いて、靴の先で小石を蹴った。

「邪魔しちゃわるいから、俺は先に行くぞ。おふたりさん、あばよ」

小山は馬力をつけて自転車をこぐと、右手を何度も振り、身体を左右に揺すりながら遠ざかっていった。

「二年生の時、小山さんと一緒のクラスだったの。わりかし仲が良かったわ。二人が修学旅行前に、大喧嘩したでしょう。そのとき樋口さんって、なんて乱暴者って思った」

「そんな乱暴者となんでつきあうんだ」

「なんでだろうね。喧嘩の後、樋口さんすごく反省しているのが分かったの。それにその後、小山さんをかばっていたでしょう」

史織は考えながら思ったことを口にした。

晩秋の冷たい風が二人の背を吹き抜ける。史織の家はもう目の前だった。

「送ってくれてありがとう」

軽く会釈すると踵を返し、門のなかに走り去っていった。史織の家は市内中心部の静かな高級住宅街にある。二階建ての豪邸で、庭が広く高い黒塀は樋口を拒むようにどっしりと構えている。裏側には錦鯉の泳ぐ大きな川が流れ、その川に交差して堀り割りが続き、掘り割りに沿って古風な倉屋敷が軒を連ねて風情ある景色を映していた。

自分の家が三軒長屋の狭くて古い家なので、最初送ってきた時はびっくりし立ち竦んだ。

へえ、金持ちのお嬢さんなんだなと感じ、格式に気おされたような、身分の違いを味わった。親が男女交際を厳しく反対していると史織から聞いていた。だから豪邸の中に招かれたことは一度もなかった。

街灯の灯りが路面にやわらかい光を落とし、商店街の明かりもこうこうと輝き街全体に活気がある。市内中心を離れ、自宅が近くなると、強い風が吹き荒れたせいか冴えきった夜空に星が輝いている。うっすらとすばるが望めた。電柱に寄りかかって、しばらくすばるを眺めていた。空を仰いでいると、急にもの悲しさがこみあげてきた。洟水をすすり、俯き気味に歩きだした。

冬休みも近く、受験勉強は本番を迎えている。樋口はあまり勉強をしていなかった。やる時は徹夜もしたが、継続的に学ぼうとすると、すぐ遊びが目に浮かび即、実行してしまう。就職組の連中や小倉と遊ぶ日も多い。現実から遊離しても楽しさや喜びは希薄だった。史織と逢う時だけが安らぎを持つことができた。

十二月二四日、史織と初めて喫茶店に入った。外は厚い灰色の雲がおおい、小雨が降りだしていた。寒さが厳しいので雪にかわる可能性があった。

「雪になれば素敵ね」

史織が微笑みながらつぶやく。樋口は喫茶店なので少し緊張していた。カウンター席を加えても、十五人も入れば一杯になるような小さな店だった。客は五人しかいなかった。

コーヒーを頼み、気障な真似をして砂糖を入れないで啜ると、苦くて吐き出しそになった。史織がクリスマスイブだからと、分厚いアルバムを贈り物してくれた。突然のことだったので、びっくりしたがとてもうれしい。表紙に「白樺」と書かれたアルバムを、生涯大切にしなくちゃと心に決めた。

休み期間中、毎日史織を想っていた。史織の写真を夜ごとに眺めて感傷に浸っていた。現実から眼をそらし、感傷に溺れている時が救いだった。甘い悲哀に溺れ会えない未練にくすぶっていた。

孤独な時間が辛く、会いたい気持ちが強くてどうしようもない時は、町道場に通いたっぷりと汗を流す。稽古の最中も後も不思議に史織を忘れ、苦しみから逃がれられた。

道場では山橋にこてんこてんに投げられた。四分間の乱取りで二十回くらい冷たい畳に叩きつけられる。当たり前の話だった。高校に入学して重量級の全国チャンピオンを目ざし稽古に励む男と、好きな女に逢えない苦しみを逃れるために柔道に通う者では、雲泥の差がつくことを樋口が自分で一番分かっていた。山橋の皮肉な笑いにたじろいでいた。

一月半ば、男体おろしのからっ風が寒さをつのらせていた。風花が舞い、外に出るのも億劫だった。授業も終わり樋口は史織や朋江と、教室で雑談をかわしていた。

野中が血相をかえて教室に飛び込んできた。

「校門で第三中の鬼頭が待ち伏せしていて、小山を裏の神社に連れこんだぜ」

ぎくっとする。鬼頭、いやな名前だ。

市内の中学でその男はワルで評判だった。すぐ暴力をふるい、高校生さえ恐れているという。

一度、樋口の通う町道場に顔を出し練習を眺めていたことがあった。帰り際、声をかけられた。

「おめえが樋口か、いろいろ聞いているぜ。俺は三中の鬼頭だ、名前くらい知ってんべ。おめえ番張っているんだってな。俺と組んで市内の学校をしめねえか」

「そんな気は全然ねえよ。番長だの、親分だの俺には関係ねえ」

鬼頭の暗い視線をそらして、手をつなぐことときっぱりと断った。

「けっ、なんでえ。根性のねえ野郎だな」

捨て台詞を吐いて鬼頭は立ち去った。なんだあの野郎態度のでかい奴だなと思ったが、史織と交際を始めた頃で喧嘩なんかしたくなかった。屈辱を我慢できたのでほっとした。

「野中、鬼頭は一人か」

「がらの悪いのが三人いた。どうすんべ」

仏頂面をしながら声高に応える。

「小山を助けなくちゃいけねえべな」

「それじゃ俺、小倉たちを探してくる」

「やめろ、こっちが人数集めたら大騒ぎになるだけだ。卒業前にごたごたすんのはよくねえよ。俺一人で大丈夫だ」

「小山が無理やり連れていかれる前に、山橋が帰るところだったんだ。鬼頭の野郎、山橋と目があったら、ぎょっとしたのに山橋は何も言わずに行っちまった。情けねえよ。んだから鬼頭は自信つけて下校する奴を一人、一人ガンづけし脅しやがって」

野中はよほど悔しかったのか一気にまくしたてた。

「そんな事言ったて、おめえだって陰でこそこそ鬼頭を見張っていただけじゃねえか」

野中に悪態をついたが、山橋の弱腰にいささか頭へきた。山橋が一喝すれば鬼頭なんかあっという間に逃げ去るものを。しかし、それでなおさら腹が固まった。

から元気を張るわけではないが、小山を救う気持ちが恐怖心を上回っている。樋口は動揺しない自分の心に自信を持った。

「樋口さん、絶対に喧嘩しちゃだめよ」

史織と朋江が樋口を睨む。

殺伐な喧嘩沙汰になるのは必至なので、気負っていたが、史織の表情には「小山さんを助けて」という訴えがこめられているように思えた。なんか映画の主人公になったようで、恐怖と緊張がとけ笑いだしてしまった。

「あの強い力道山だって、先月やくざに刺されて死んだでしょう。樋口君、絶対暴力ふるわないで」

朋江も釘をさす。

神社の境内は強い風で落ち葉が舞い上がり、凍てつく寒さに人影はなかった。神社の裏側に杉林があり、その林内から低い声が不気味に響く。

杉林に足を踏み入れると、陽が差さないので霜柱がたっており、踏むごとにさくさくと音がする。小山を三人の男が囲み、正面にいる男が大声を出しびんたをくらわせた。樋口は苛立ちを抑え駆け足で四人の前に迫ると、手をあげている男の手首をつかむ。男は鬼頭だった。

「なにやってんだ、おめえらは」

太い声を出し三人をねめつける。小山のほっとした表情が視野の隅に見える。鬼頭が樋口の手をふりほどくと鋭い目つきで樋口を睨み返してくる。中学生の顔ではなかった。心が凍りつくような凄い顔つきだ。焦げ茶色の革ジャンバーにジーパンスタイルで、首には派手な赤色のマフラーを巻き、先の尖がった革靴を履いている。

「おっ、番長のおでましだな。小山の野郎が俺のだちにガンをつけやがったんだ」

鬼頭の横に立っている男が黙って頷く。小山が首を左右に振ると、

「さっきからいってんべ。ガンなんかつけてねえよ。いいがかりなんかつけんじゃねえ」

大声で言い返す。すこしも怯えた様子はなかった。さすが小山だ、俺なんか来なくても大丈夫だ。鬼頭は肩をそびやかし仲間たちと見合わせ、

「面倒だ、二人とも袋叩きにしちまえ」

はったりでなく、本音だった。

「小山、こんな馬鹿やつら相手にしねえで帰んべや」

と、声をかけ横を向いた瞬間、鬼頭の右足が樋口の下腹部を蹴り上げた。臍の上を蹴られて一瞬呼吸ができなかった。そうか、たしか鬼頭は空手を習っていたな。そんな噂が脳裏をかすめる。理不尽な暴力に痛みをこらえて激昂した。

呻いている樋口に二発目の蹴りが飛んでくる。樋口はその蹴りを腹筋で跳ね返すと、両手で革靴を摑み鬼頭の一本で立っている左足に、カミソリのような大内刈をかけた。鬼頭は頭から後に倒れる。倒した瞬間、太い右腕を首に巻きつけ、左手で後頭部を押さえつけた。裸絞めががっちりと決まる。

「てめぇ」と荒々しく叫びそのまま絞めつける。鬼頭は白眼を剝き落ちてしまった。全身

から力が抜け、だらりと失神する。しかし樋口は絞め続ける。小山が顔面を蒼白にして狂ったように叫ぶ。「樋口やめろ、死んじゃうぞ。もうやめろ」

鬼頭の仲間たちがわなわな震えているのが、横目にとらえられる。樋口は余裕があった。

人が失神したり気絶する場面はそんなに、おめにかかれるもんではない。樋口も柔道の絞め技で、初めて落ちる人を見たときは驚いた。それからの練習で何回も落とされることもあったが、落とす絞め技も充分に習得していた。

がっちり入れば一秒で落ち、五秒も絞めれば深く落ちる。人が首を絞められて死ぬのは三分かかると、道場の先生は語っていた。これくらいの絞めで死ぬはずは絶対に無い。

樋口は一、二、三、と心の中でゆっくり数え五まで数えて腕を外した。鬼頭は完全に気絶している。鼻汁が垂れ、口から涎も垂れている。ジーパンの股あたりが濡れている。小便だけでなく大便も漏らしているかもしれない。

樋口は立ち上がると二人をはげしく睨みつけ、

「おめえら、まだやるか」

大声で哮える。二人は泣きそうな顔をして、頭を左右に振る。一人は腰が抜けたように、地面に座りこむと、

「鬼頭が死んじゃった。鬼頭が死んじゃった」と声を振るわせて泣き出した。小山も呆然と蒼白の顔をして立っているが、身体は小刻みに震えていた。

樋口は仰向けに倒れている鬼頭を後から抱きかかえ、脇の下に両手を入れて上半身を起き上がらせた。背に膝頭を当て両手で腹部を擦るように押した。活は一発で決まる。気絶から目が覚めた鬼頭はきょろきょろと辺りを見渡す。数秒すると状況をのみ込み、罰がわるそうに立ち上がりジーパンの汚れを気にしている。

「まだやるか。やるんなら、また落とす」

樋口は脅す。鬼頭は涎と鼻汁を右手の甲で拭くと、いやいやするようにむくんだ顔を振る。

「やらねえんだな。んだら小山に謝って帰れ」

三人は小山と樋口に頭を下げて、すごすごと帰りだした。樋口は「おい、待て」と声をかけると、地面に落ちている赤いマフラーを鬼頭に投げた。鬼頭の顔は小学生のやんちゃ坊主が叱られて、泣きべそをかいているようだった。

「驚いたんべな。俺、本当に死んじまったと思った。今の絞めは柔道技か」

「ああ、裸絞めっていうんだ。俺の得意技のひとつだんべな。あの馬鹿、小便までたらしやがって、もうでけえ面はしねえべ」

「おめえは、しかしおっかねえ男だな」

小山は樋口の顔をしげしげと眺めた。

「だけど樋口が来なかったら、俺は袋叩きにされていたべな。助けてくれてありがとう」

小山は軽く頭を下げて感謝した。少し照れたが、殴りあいにならずうまく解決したのでほっとした。でも、殴りあいよりもひどい事をしたのかな、と考える。それでもいつも喧嘩した後に感じる、むなしさや後悔の念は起きなかった。小山を助けるために、やむにやまれぬという思いが強かったが、しばらくすると自己嫌悪に包まれた。鬼頭の怨みや憤りを思うとやるせなかった。

境内を出て田んぼの畔道を歩いていくと、校舎の遠方に男体山や、奥日光連山の真っ白な稜線が澄みきった群青色の空の中に望めた。

立ち止まりゆっくり深呼吸をすると、喉の奥を冷たい大気が刺激した。両手を思い切り頭上に伸ばし、白い息を吐くと寒さが足元から伝わってきた。

樋口と小山は工業高校に、史織は女子高、朋江は商業高校へそれぞれ入学が決まった。

野中や小倉が東京へ行く数日前の夜、クラスの親しい仲間が小倉の家に集まり送別会を開いた。見送る側はすべて高校入学が決まり華やいだ気分だが、野中と小倉は憂うつそうな顔をしている。しかし激しくツイストを踊り、唄いまくるとみんな、晴ればれとした表情に変わっていた。

小倉が樋口の背を叩くと、

「ツイストもおもしれえけど、フォークダンスも楽しかったな」

懐かしそうに「マイム、マイム、エッサッサ」と低い声で歌い出している。樋口は小倉の気持ちを痛いほど理解できた。彼らとつるんで喧嘩をしたり、遊びあるいたが、もう出来なくなる。十五歳で上京して働き出す小倉や野中を思うと寂しくなる。

彼らのこれから始まる苦労や苦悩は、多少は理解出来るが本当の痛みは分からない。野中たち自身だって、どれだけ辛いことになるのか少しも分かっていないのではないか。もしかすると、楽しい職場で生き生きと働けると考えているのか。マスコミで金のたまごと報道しているじゃないか。俺たちは金のたまごだぜと自信を持っているかも知れない。予想される苦労を思うと、それぐらい楽観的にならないとたまらなかった。東京でのこれからの事は誰も分からなかった。

樋口は高校入学組だって、みんなこれから先どうなるのか不安と希望がごっちゃになり揺れ動いている事を感じていた。だが動揺があっても、地元にいて親や友人も一緒だ。上京する仲間に比べればどれだけ幸せか。

東京で働き自立していく仲間たちに、頑張れと心の中で声をかけた。

「オクラホマ・ミキサーやマイム・マイムを何度、踊ったんべ。本当に楽しかったな」

感慨深く頷き、手を差し出した。小倉が女子のように外側に組んで、樋口が内側に入り両手を組み、二人で左足を前進し、右足を左足に閉じる。もう一度左足を前進し、オクラホマ・ミキサーを舞うと、みんなが盛大な拍手をしてくれた。

街に流れる「高校三年生」を「中学三年生」の替え歌にして合唱したら、野中が目尻に涙をうかべしゃくりあげた。ハンケチで涙を拭いたが、嗚咽は号泣に変わり、みんなたまらなかった。

「手紙を絶対にくれよな。俺も返事書くから」

涙と鼻水で顔をくしゃくしゃにし、一人づつ握手をかわした。史織も朋江もみんな泣きそうだった。小柄で肩の細い真理は、もらい泣きしながら、

「三年たったら同窓会を開いて再会しようね。野中君も小倉君も健康を大切にしてがんばって……」

細い声で言うと、ことばがつまり泣き崩れた。いい友達だな、樋口は胸にあたたかいものが広がった。

入学式も済み高校生活が始まったが、味気ない日々にうんざりしていた。暗い日がいやおうなく過ぎていく。中学時代が懐かしかった。夜になるとアルバムを開き、史織の手紙を読み直していた。

高校に入学して一月近くたつのに、一度も史織と会ったことがなかった。この間、手紙を二度送ったが返事がこない。唇を嚙みしめて、返書を待っていた。

何度か女子高通りから帰り、史織を探したこともあったが、女子高生の大群に肝を冷やし惨めったらしくていやになった。

自転車で史織の家の周りを行ったり、来たりしていたが会えなかった。そんなことを繰り返す自分のだらしなさが情けなかった。

喪失感に打ちのめされ、苦しい日が続いた。盛り場をぶらつき、雑踏を歩いても史織の事を想っていた。こらえきれない衝動が湧き上がるが、自分の心を押さえるのに一苦労した。

通りを彷徨し肩がぶつかり怒鳴られると、すいませんと小声で頭を下げていた。気弱な樋口に、小山はうさんくさげに「どうしたんだ」と訊ねたが、樋口は寂しそうに「何でもない」と言うばかりであった。小山は首をかしげて、

「何か手助け出来ることがあれば言ってくれ」

と、あたたかく励ましてくれた。

気晴らしに映画館、明治座で「ウエストサイド物語」を見るが、館内のセーラー服の後姿が、みんな史織にみえて映画に集中できなかった。本音は「ウエストサイド物語」なら、史織も来るのではないかという淡い期待を持っていた。映画館での再会はなかった。

ため息ばかりついて、苛つく毎日が続く。

突然、朋江が自宅に訪ねてきた。二人は人通りのない道を歩きだす。嫌な予感が胸をよぎった。そんな樋口の心の内を知るように、朋江は辛そうに下を向きながら低い声で切りだした。

「史織ちゃん、今とっても大変なの。彼女の家に脅迫状が届いたの。史織ちゃんを誘拐するっていう内容らしいわ。親が警察に届けて大騒ぎになっている。だから史織ちゃんのことづては当面交際をやめたい。手紙も寄越さないで、と託されたの。樋口君分かってやって」

「本当か」

「本当よ、分かって」

今にも泣きだしそうな表情で朋江は訴えてくる。樋口は黙っていた。疲労感が全身を襲ってくるような無力を感じたが、足を引きずるように歩いた。朋江もうつむきかげんについてくる。いつのまにか中学校の正門前まで来ていた。

「中学時代は楽しかった」

消えいるような樋口の言葉に、朋江は黙って相づちをうった。

「誘拐騒ぎ、警察が来ている。冗談じゃねえよ。もっとまともな嘘がいえねえのか」

と、内心思ったが、口にすべきでないと抑えた。こらえきれない悲しみが湧き上がる。嫌いになったのならなんで、直接言わないのだ。絶望と悲観で気が狂いそうだった。

一陣の強風が吹きつけ校庭の砂ぼこりを舞い上げた。

朋江はほこりでも目に入ったのか、人差し指で目尻をふいた。そんな朋江を見つめると、振られた男に同情して泣いてくれるのかと痛みを感じる。

両手を大きく広げ、深呼吸をして揺れる感情を冷ました。史織との出会から、一年間の付き合いが走馬燈のように駆けめぐる。

この一月間の苦しみや悲しみが胸に溢れてくる。失恋の痛みはまだ続くだろう。乱れる心をおさえながら「信介へこたれるな」と心でつぶやいた。前向きに生きるしかないな、と失意と悲哀を一掃する。

不意に夏の柔道大会、相撲大会のすさまじい試合が脳裏に浮かんできた。

山橋や小山との泥まみれの血を吐くような相撲練習。倒され、投げられて土俵に這いつくばり、額を地面にこすりつけても立ち上がった猛稽古。汗が全身から流れ落ち、紫色の痣を幾つもつくり励んだ乱取り。身体をとことんいじめ抜いた後の爽快な気分と精神的な充実感。県大会で優勝した深い感動。柔道を生涯貫くと決意した勝利の後の湧き上がる喜び。そんな強烈な思いが後から、後から浮かんでくる。

暗く、じめじめした感傷を払拭したのも柔道練習であった。俺には柔道があるじゃねえか、そんな気持ちが気負いなくこみあげてきた。まとわりついていた虚無感や悲しみは消え去っていく。

すると、どん底のやるせなさの中からじわり、じわりと力が湧いてくる。すごい十五歳だった、という思いが樋口の心にぴたりと収まった。

「明日が俺の十六歳の誕生日なんだ。明日から柔道一直線だ。がんばんなくちゃあ」

自分に気合いを入れるように太い声を出した。朋江は何度もうなずき「がんばろうね」と呟いた。

校庭の桜の木は今年も濃い緑の葉が茂り、庭の外は一面の麦穂が豊かに広がっていた。

私鉄駅員

樋口信介が高校を卒業し、横浜の中心地にある私鉄の駅に勤務するようになったのは昭和四十二年四月のことだった。樋口は真新しい制服を身につけ、制帽をかぶると駅員になった充実感を味わった。だが仕事がうまく出来るのだろうかと不安と緊張もあった。故郷を離れて二週間ほどたつが、時折人恋しさを覚え、切なさと寂しさが入り混じり重苦しい気分に包まれることもあった。

駅には同期の高卒は六人いたが、みんな横浜や川崎出身でスマートでそつがなかった。駅長をトップに駅長を補佐する助役が三人おり、その下に五人の主任がいた。そして十代、二十代の若手が十数人働いており、大きな駅ではないが若さ溢れる職場だった。驚いたのは一つ年上の女性が三人働いていた。彼女達は日勤で泊り込みの仕事はなかったが、若い女性が働いているだけで、職場は明るく活気があった。

栃木県のへんぴで静かな田舎から出てきたばかりだったから、当初、職場の人間関係や大都会の人声、物音の騒がしさが煩わしかった。たまらなく息苦しくなる時もあった。しかし、居心地悪い環境も持ち前の明るさで乗り越え、煩わしさも経験を積む事により、次第に慣れてきた。

慣れるにつれて、目がくらむほどきらびやかな大都会の華やかさの虜になってきた。もともとは喧騒に満ちた街にあこがれて、この会社に就職したのだ。非番の日は駅周辺を歩き回るようになった。

改札口を通って正面の通りを左折すると、戸部通りのおだやかな傾斜が続き四、五分も上っていくと左側に大きな中央図書館が構えていた。図書館前を左に曲がると野毛山公園通りで、道路の両側には新緑の並木が続き心が和んだ。木の香りに満ちた大気を胸一杯吸った。しばらく歩いていくと、野毛山公園に到着した。小高い丘の上にあり見晴らしが抜群に良かった。公園内には横浜で一番古い動物園もあり、親子連れでにぎわっていた。

樋口が園内をゆっくり歩いていると同世代のカップルと擦れ違う。振り返るとねたましく、ため息をついた。田舎での懐かしい思いが胸をかすめ寂しさに襲われた。しょぼくれていっときセンチメンタルな感傷に浸るが、一息つくと不思議と腹の底から力が湧いてきた。

勤務してからひと月もたった頃、改鋏で切符を切っていると、時たま、高校生たちが、

「今日はザキで遊ぼうじゃん」

と、高い声で話をしていた。じゃん言葉にはなじんできたが、ザキの意味がさっぱり分からず戸惑った。地元出身の同期の男に、

「ザキって、どういうこと」

素直に質問した。彼は大声で笑いながら小馬鹿にしたように応えた。

「樋口よ、ザキも知らないのじゃ、この駅で駅員は勤まらないよ。明日、仕事が終えたら連れていってやる」

夜勤が明けた翌朝、仕事を終えると同期の仲間と三人で歩きだす。いつもは駅近くのパチンコ屋で玉を弾き、昼飯を食べて羽田空港近くにある寮に帰るのだが、今日はちがう。

「樋口がさ、ザキも知らないっていうし、今日は伊勢ブラして遊ぼうじゃん」

二人とも横浜出身でおしゃれな男たちだ。暇さえあれば頭髪に櫛を入れ、鏡を見つめる。洋服もアイビールックでびしっときめていた。時には改札で仕事中なのに下車する若い女に声をかけ、俺はもてると自慢していた。相変わらず田舎っぺ丸だしの樋口とは外見がえらくちがう。だがうわべだけにこだわる彼らを心の中では見下していたが、今日は教えてもらうのだ。謙虚に彼らに従った。

運河だった大岡川に架かる長者橋を渡り五分も歩くと伊勢佐木町通りに突き当たった。

彼らの説明によると、ハマッ子は伊勢佐木町をザキと呼び、この街を歩き買い物をすることを伊勢ブラと言って親しんでいるという。ザキの意味はよく理解出来た。

彼らの見下す態度にいらいらする事もあったが、軽くいなす事も覚えた。彼らから学ぶことが多かったし、まだまだ学ばなくてはならない。怒ってはいけないと自制していた。おだやかな笑顔をつくり、荒っぽい動作を隠し込んでいた。樋口は高校時代なら、生意気な男たちを殴って平伏させていた事を思い浮かべ、俺も成長したものだと、愚かな自信をつけていた。

伊勢佐木町は流石に横浜の代表的繁華街だから、街並が綺麗だ。所々下町の情緒もあり、庶民の娯楽の場のようだ。樋口たちは関内までゆっくり歩いた。腹が減ったのでレストランに入り昼飯を食べたが、騒がしい隣席の着飾った若い女性たちが気になり食った気がしなかった。同期の一人が、

「軟派するか」

と言って話しかけたが相手にされなかった。女性たちは席を立つと、卑しい物を見るような目で睨んだ。樋口は恥ずかしくて俯いた。振られた男は両肩をすくめてみせた。

後日、先輩たちに連れていかれた飲み屋街の様子には驚いた。明るい伊勢佐木町と対照的に、隣駅の黄金町方面の裏通りは淫らな雰囲気が漂い、ネオン輝く夜道はあやしげな女

たちが街角に佇み紫煙をくゆらせていた。高架を走る京浜急行に沿ってドヤ街や飲み屋がひしめきあっていた。樋口は好奇心に溢れた顔で街を歩いた。見るもの聞くものがみな珍しかった。

同僚や先輩たちと遊んでいると、そうした街並にいつしか溶けこんでいった。仕事で疲れた身体もほぐれていった。

仕事についてすこぶる驚いたのは、朝のラッシュタイムだった。乗客たちがホームに押し出され、ホームでひしめきながら改札に殺到するその数の多さだった。田舎の駅では考えられなかった。溢れる乗客を少し怖く感じたが、それも一、二か月経験していくと何も感じなくなってきた。

素早く呈示される定期券も不正行為を見付けられるようになってきた。経験を積んでいくと、すっと出される定期券の日付や区間が読み通せるのだ。不正を見付けると不正区間の三倍の料金を徴収するが、当初は客がかわいそうで見逃す時もあったが、いつしかキセル発見の上位に並ぶようになってきた。

改札で切符を切ったり、乗車券を受け取ったりする仕事は頭を使わずにほっとするが、切符を販売し一日の売上金を計算する作業は頭を悩ました。切符の通し番号で当駅からどこどこの駅、何百枚。横浜駅五百枚、合わせて幾らと計算していくのだが、樋口は工業高校出身だから算盤を使ったことがなかった。算盤が出来ないのだから、一日の売上を計算することが出来ない。不安と戸惑いで膝を抱えて悩むこともあった。

非番の日に寮で算盤の練習をしたが、なかなか上達はしなかった。うんざりしたが必死に練習を繰り返した。根気がいる練習を粘り強く、ため息まじりに続けた。胸が痛く悲しくなってきた。

たまらないほど苦しくて真剣に退職を考えた。だが故郷を捨て去ってきたのだ、簡単に辛いからといって辞めるわけにはいかない。

助役がいぶかしげに、

「工業高校卒業生は普通なら車両の整備工場や線路の補修方面に行くのに、樋口はどうして駅務員を希望したのだ」

と、訊いてきた。算盤が全然出来ないのだから当たり前の質問だった。正直に応えた。

「機械や電気の事が嫌いなんです。工業高校へ入ったのが間違いだったんです。人が好きだからお客さんに接する駅員になりたかったんです」

助役は笑いながら、

「変わった奴だな、まあ頑張れよ」

と、樋口の肩を叩いた。

売上計算がなかなか出来ない時にいつも、三年先輩の天田が手伝ってくれた。

「あんたの算盤を見ていると、本当に不器用じゃん。歯痒いよ」

皮肉を言うわりには活きいきとした表情で助けてくれた。決して見下すことはしなかった。彼がいなかったら延々と仕事は続くだろうし、そればかりか引き継ぎの駅員に迷惑をかけることになる。樋口の不安な心情を理解したように援助しねぎらってくれた。

天田は樋口だけでなく他の後輩からも慕われていた。正義感が強く小柄な身体なのに、深夜駅構内で暴れる酔っぱらいや、やくざのような荒くれ男たちとも真っ向から渡り合った。時には殴りあいになることもあった。駅近くには場外馬券場や繁華街が近いので、無頼漢はあとを断たなかった。警察官を呼ぶ時もあった。彼らは警察手帳を見せるだけで、運賃が無料だ。だから当然のように駅員の味方だ。だがなぜ警察官は電車にただで乗れるのか不思議なことだった。

天田はたまに飲みにいくといつも御馳走してくれた。酔っても明るくて豪快だった。天田は一緒に飲んでいても穏やかな笑みを絶やさなかった。蒸し暑さでうんざりするような夜、疲れきった身体で、生ビールを大ジョッキで三杯飲み干すと、急激に酔いがまわり動けなくなった。肩を担がれ、店を出るとこらえきれずに反吐を吐いた。天田の、

「便所まで我慢しろ」

と、諭す声もかすかに聞こえたが間に合わない。何度も吐いて汚物がズボンや革靴を汚した。吐くものがすべてなくなっても、胃液を吐いた。汚物まみれで道路に倒れこみ、苦しくてのたうちまわった。

天田はハンカチで樋口の汚物を拭くと、重い身体を支え寮まで運んでくれた。別れ際、

「未成年に飲ませた俺が悪かった」

と、囁いていた。ますます、彼に頭が上がらなくなったが、何でも相談出来るような関係を築けてきた。仕事が気がかりで落ち着かない時、天田の支えでどうにか不安な仕事をこなす事が出来た。

八月の焦げるような暑さの昼下がり、けだるさの中で改札にいると、天田が背筋を伸ばしたままで、

「樋口君、将来の夢は」

と、訊いてきた。将来の夢か、いろいろ思う事はあるが率直に応えた。

「実家が貧乏だったから、財産と地位とそれに名声が欲しいです」

両親を喜ばせてやりたい。それには出世して金持ちになりたい。本心だった。天田には話さなかったが、その夢を無残に打ち砕かれた。

働き出して四か月たった仕事の中で、上司たちの話を聞いていると、この会社は高卒では出世出来ないことが分かってきた。いくら努力しても駅長どまりで、本社の部長や取締りになるには大学卒業の肩書きがないと、どうにもならないというやるせない現場の現実。それを理解した時、重苦しい気分になり途方にくれた。

最近、大学を卒業した新人が駅員の見習いで来ている。彼は二か月後には本社に戻る。ゆくゆくは本社でエリートコースを歩むために、現場を知っておく実習であった。

本社の教えなのか、彼自身が利口なのか仕事にそつがなかった。みんなが嫌がる便所掃除などは率先して励んだ。勿論、俺はエリートなんだという素振りは微塵もみせなかった。愛敬のある顔で笑顔を絶やさず、四歳年下の樋口にもすこぶる親切であった。

彼が働きだして三週間もたった頃だった。終電車が出た後、恒例になっている、寝る前の茶碗酒をくみかわす宴会が始まった。疲れているのでまわりも早いが、始発前に絶対起きないといけないから、ぐでんぐでんに酔うわけにはいかない。そのために目覚時計を三個も置いてある。

どうしたことか、隣で飲んでいた大学卒の彼は酒をビールのように飲み干すと、手の甲で唇を拭き、

「あほらしくてやってられないよ」

と、呟いた。歪んだ表情で樋口を睨み、助役や主任たちを睨みつけた。職場で不愉快な事でもあったのだろうか。今までの謙虚な姿が消えて、傲慢な見下すような態度に見えた。でも、これが彼の本心なのだろうな、と思った。

さいわいに彼の不遜な態度は樋口以外誰も気づかなかった。彼の辛い気持ちは樋口にはよく理解出来た。一流大学を卒業したのに、年下の高卒の連中にぺこぺこし、駅の上司たちには礼儀正しく満面の笑顔だ。「やってられないよ」と怒るのはあたりまえの台詞だ。それは分かるが、今まで我慢したのだろう、間もなく本社に戻れるのだ、それくらいの事は我慢しなさいよ、と言いたかったが黙っていた。これから本社でエリートコースを突っ走るのだろう。羨ましかった。嫉妬を覚えた。

大学を卒業しないと会社での出世はありえないのだと、樋口は心に強く刻んだ。

天田には彼の事は話さなかった。

夢を語った後、物思いに沈んだ樋口を見つめ、天田は駅帽を脱ぐとハンカチで額の汗を拭きながら訊いてきた。

「へえ、地位と財産か。誰でもそれは欲しいよな。俺も入社したばかりの時は同じように思っていた。だけど名声はどうして欲しいの」

「そうですね、何と言ったらいいんだろう。そう有名になって田舎の連中を驚かしてやりたいですね。俺が有名になると親も喜ぶだろうし」

樋口は中学生の頃から希望したことは結構実現してきたと考えている。高校に入った頃、テレビで全国高校柔道大会や相撲大会の実況中継を見ていると、俺も出たいなと強く思った。創立三年目の新設高校だから体育館はなくて、樋口が得意としている柔道部はなかった。土俵なら簡単に出来ると仲間たちと相撲部を創り、二年目には団体戦に於いて県大会で優勝するという快挙をなしとげた。大阪府立体育館での全国大会に出場を果たし、一回戦は勝利した。その時、少しだけだがテレビにも映った。

高校三年の夏休み、月刊誌『高校時代』を読んでいたら、「銀輪一五〇〇キロ」という紀行文に圧倒された。鹿児島の高校生が東京まで自転車で走破した記録だ。凄い高校生もいるものだと思ったが、ようし、それなら俺もやってやろうと意気ごみ、友人から借りた自転車で栃木から福岡まで野宿の旅を実行した。ノートに毎日記したその手記は田舎の女子高にも流れ、一時樋口は話題の人となった。

夢や希望は必ず実現出来ると楽観的に思うようになったのは、苦労して幾つかの望みを実現したせいかもしれない。しかし、そうした体験が慢心につながっていることを気づかなかった。

そんな過去を天田に話すとびっくりした表情で樋口の顔を見つめた。

「なるほどね。時折自信たっぷりに見える事があるけれどそういう経験があったわけだ」

天田が感心したように頷き口もとがわずかに綻んだ。

するとと樋口はうれしくなって話を続けた。

「寮に同期の奴で体格の良いのが何人もいます。訊くとみんな高校時代柔道が強かったから、この会社に引っ張られたんです。彼らは入社試験なんか関係無く入ったみたいですよ。会社の柔道部は実業団でも名前がうれているんです。そんな事知らなかったから本当にびっくりしました。俺も高校時代から二段持ってますから、非番の日に会社の道場に通い出しました。監督が本社の課長なんですが、想定外の俺が参加したから喜んでいます。実業団の中でも会社の柔道部はトップクラスなんですよ。この間、関東私鉄六社対抗試合に先鋒で出場しましたが優勝しました」

「職場でそんな話、しなかったじゃん。ちっとも知らなかったよ」

「同期の奴や寮の仲間には話しています。算盤も出来ないのに、偉そうな話は出来ないです。でも俺を小馬鹿にしていた同僚が一目おくようになったのです」

うれしそうに胸を張った。

「それじゃ君の言う出世に一歩近づいたようじゃん。うれしいだろう」

天田は口元だけで笑っていた。

いいや、と頭を振って話そうとすると、急行電車から客が降りてきた。風通しの悪いむっとするような駅構内に出てきた客たちは、疲れ切った足取りで定期券を翳し改札を通り抜けて行った。扇子で顔をあおぎゆっくりと降りてきた浴衣姿の色気ある若い女性に目を奪われた。

客がいなくなると天田は手洗いに消えていった。

決意した大学受験について話そうと思ったが、しゃべらなくて良かった。

改札に座り、汗を拭きながら思いに浸った。

天田さん、柔道が少しくらい強くても駄目ですよ。どんなに骨身を削って働いても駅長どまり、本社でいえば係長なんですよ。この駅の主任を見て下さい。五十歳を超えても自分より若い助役にぺこぺこして、恥ずかしいったらありゃしない。そのくせ、俺たちには威張りくさってさ。この間、休憩時間にお茶を入れたら、

「こんな薄い茶を飲めるか」って怒鳴られましたよ。そんなら、自分でお茶ぐらい入れろよ、と腹の中で毒づきましたけどね。もう、うんざりです。

俺ね、工業高校卒業の時クラスで四十八人中、四十六番の成績でした。高校時代は勉強した記憶なし。そもそも工業高校に入ったのも勉強しないですむからでした。

町道場で鍛えた柔道は二段、相撲は全国大会出場、腕力は強いし、この通り性格はきつ

いから、ちんぴら高校生の番長をやっていました。

でもそんな馬鹿な俺が、今一生懸命勉強しています。田舎の友人が大学入試の参考書を送ってくれました。友人は樋口が大学を受験するって、嘘だろうってびっくりしていましたが、友人の驚きは当たり前です。休日に生まれて初めて全力をそそいで勉強していいます。近頃非番の日、先輩や同僚と付合いが悪くなったのもそのためなんです。

この時代は大学を卒業しなくては、絶対に出世出来ないのです。それが働き出して四か月たった俺の率直な気持ちです。

本当はそう言いたかったんです。樋口はしみじみと今の気持ちを確認していた。

天田が手洗いから戻ってくると、

「出世したい夢もよく分かるし、金持ちになりたいのも誰でも思うことじゃん。でも、労働者として労働組合の活動や社会の不正を改革していく生き方もあるだろう」

笑顔が消えて淡たんと話しかけてくる。樋口は天田の視線を外すと、寮の門限が午後十時で寮生が困っている事を思い出した。

舎監は十時になると門に鍵を掛けてしまう。友人と会ったり、映画を見てくれば帰宅が遅くなるのは当たり前だ。寮の横に立つ電柱をよじ登り塀から寮に入ることもあり、警察に尋問された寮生もいた。

樋口たちは何人かの寮生と舎監に門限を撤廃するよう求めたが、

「君たちはまだ未成年だ。十時過ぎの帰宅は絶対認められない。事故でもあったら君たちの親御さんに申しわけない」

の一点ばりで話にならなかった。樋口は労働組合の幹部に相談し、解決してもらおうと仲間と組合事務所を訪問した。組合は私鉄総連に入っている。私鉄総連は強い組合と寮生の誰かが教えてくれた。

しかし対応した組合専従の幹部の話はひどかった。

「まだ入社して半年もたっていないのに、そんな要求を持ってくるなんて信じられない。おまえたち何を考えているんだ。舎監の言う事の方が正しいだろう、かぶれているわけじゃないのだろう」

一喝されて事務所を追い出された。全身の力が抜けるほど頭へきたが、かぶれている、という言葉が尾を引いた。意味が分からなかった。組合費はけっこう高いし働く者の味方をするのが労働組合だろうと心の中で毒づいた。

樋口は大学受験のために毎月なけなしの金を貯金しているが、こんな組合員のためにならない組合なら、脱退してもいいのではないかと強く思った。

入社して間もない四月のある日、助役が囁くように話をしたことがあった。

「組合からスト権の賛否を決める用紙が回ってきたが、私がみんなの分、スト権反対で出しておきます。何か意見あるかな」

全員黙っていたばかりか、よろしくと頭を下げている主任もいた。

組合とかスト権とかよく分からないが、助役のやり方はおかしいと思った。だいたい助役は組合員なのだろうか。誰も文句を言わないのはもっとおかしい。無知な俺でも不正は分かる。でも入社したばかりで一言も意見を言えない自分も情けない。だが何年も働けば、意見を言うことが出来るのだろうか。そんな事を考えたが、立身出世を目指す自分は、きっと文句も言えないだろうなと感じて後ろめたかった。

「他の私鉄の労働組合はスト権が確立して実際にストライキが実行されるが、この会社は一貫して労使協調でストライキなんかやられた事は無い」

と教えてくれたのはきざな同期の男だった。きざな同僚でも労働組合に詳しかった。彼は樋口を見つめると、きっぱりと言った。

「樋口は俺のことを遊び人みたく思っているかもしれないが、俺はこの会社で骨を埋めるんだ。会社の仕組みや労働組合について勉強するのは当たり前だろう」

ぶっきらぼうな言い方だが的を射ていた。

彼の話は重かった。たかをくくっていたが、彼が眩しく見えた。何にも知らない自分の無知が悲しい。

そんな事実を天田に話すと、

「まったくその通りだ。だから堕落した幹部なんかに組合を任せるのでなく、階級的な労働組合を作っていくんだよ」

天田の話は難しくて分からない。階級、搾取、収奪など今まで聞いた事の無い言葉が続く。それに正しい事ならば、なぜこそこそとまわりを気にしながら話すのか不思議だった。正しい話ならば堂々と言えよ、と思ったが黙っていた。

長話と暑さに疲れ、帽子を脱ぐと改札の外に出て紫煙をくゆらせた。横浜港方面を眺めると、真っ青な空に積雲が発達し山のように盛り上がっていた。熱風が頬を横切り、脇の下から汗が流れていた。


勤務する駅は高架駅でアーチ状上屋構造の相対式ホームで、高架下に切符売り場や駅員の休憩所、寝室などがあった。

ホームから線路に降りての清掃は危険きわまりない。主任がホームに立ち、電車が来ると笛を鳴らし危険を告げる。ホーム下に避難し、電車が去ると機敏な動作で煙草の吸殻やごみを拾う。ぼうっとしてはいられない。迅速な動きが求められるのだ。

轟音に気づき顔を上げると、特急電車が目前まで接近していた。特急のホイッスルが二度吹かれ響き渡る。主任は考え事でもしていたのか、笛は鳴っていない。特急電車はこの駅を通過するから物凄い速さだ。運転手のぎょっとする顔が瞬時に目にうつる。樋口は上り線路と下り線路の間に、咄差に滑りこんだ。パニックに陥っていたが目をつぶり、両手で耳をふさいだ。レールの軋む音が鳴いた。特急通過の疾風が走り抜け、車輪の音があっという間に消え去った。まっしぐらにレールの上を通過して消えていった。

「助かった」

ひれふしたままで、喘ぐような声を出した。下唇を強く噛み締めていたのか、手の甲で拭くとべっとりと血がついていた。

危機一髪、死なないですんだのだった。

樋口は恐怖にがたがたと震える体で立ち上がると、ホームに這い上がろうとしたが、震えが止まらずなかなか這い上がれない。呆然と立ちつくす主任の顔は真っ青だった。主任の脚も震えていた。樋口はハンカチで唇を押さえると彼を睨み、馬鹿野郎と怒鳴りたかったが、震えて言葉が発せられない。まともに話せても、上司に文句は言えないのが会社の決まりのようなものだった。そんな決まりに縛られる己の卑小さを恐怖の中でかすかに感じた。

しょぼくれた顔で駅内に戻ると駅長がピースをくゆらせていた。樋口を認めると、

「どうした、いらいらして何を怒っているのだ」

と、怪訝そうな面持ちで訊いてきた。樋口は主任のミスを訴えようと思ったが、告げ口するのはあまり好きではない。

「なんでもありません」

呟くように応え、頭を下げた。駅長は手招きして隣の椅子に座れと命令する。お茶まで入れてくれた。恐縮しながら細かく揺れ動く手で茶碗を持ち、ゆっくりお茶を飲むと、恐れと怒りで渦巻いていた心が静かに落ち着いてきた。

駅長は一月に一度、樋口だけを散髪してくれる。バリカンや鋏を使い巧い手裁きだ。何故、俺だけかと樋口は思うが真意は分からない。だが、同期や先輩たちが嫉妬しているのは知っている。

「なんで、あんな仕事も満足に出来ない田舎者が駅長にひいきされるのだ」

そんな陰口が時折耳に届いていた。

だから謙虚に俯いて散髪をしてもらい、決してうれしそうな表情をみんなの前ではしなかった。先月も、本社が発行する社内広報誌のエッセーの原稿依頼があると、

「樋口君、君が書きなさい」

と、駅長の一言で決まってしまった。普通なら助役や主任が書くらしい。その時、樋口はひいきされているのを肌で感じた。かつて教師から嫌われる事はあっても、ひいきされた事は一度もなかった。だからうれしかった。駅長の言うことは何でもきいた。

駅長は樋口の目をじっと見つめ切りだした。

「樋口君、私は君が気にいっている。私はそのうち本社に戻り、本社から現場の仕事を見ていく立場になる。若い諸君を育てていくのが私の職務なのだよ。君の働きを見ていて、算盤も出来ないお粗末さもあるが、一生懸命頑張っているので気にいっているのだ。ずっと面倒をみていくつもりだ。ゆくゆくは私の娘を君の嫁にしたいとも考えている。本当だぞ」

樋口は深く息を吸うと、喜びが胸にふつふつと湧いてきた。少し前の恐怖が嘘のように消えていた。目の前で光が弾け飛んだような昂揚に包まれた。駅長の話に自然と頭が下がった。

「だが樋口君、君は友達が悪い」

険しい視線と厳しい一言に、樋口は背筋がひやっとした。駅長の鋭い視線を外すとうろたえ、得体の知れない不安がこみあげてきた。友達が悪い、一体誰のことだろう。考えたが思いつかない、動揺しているが率直に訊いた。

「駅長さん、悪い友達って誰ですか。心あたりがありません」

駅長はしばらく黙っていたが諭すような口調で、

「天田君だよ、天田君。君は彼と相当親しいだろう」

樋口はつばを飲み込み、心臓が高鳴った。信じられなかった。樋口だけでない、同期の仲間はみんな天田を好きだった。

「天田さんがなぜ悪い友達なんですか。仕事は教えてくれるし、とても親切です。俺だけでなく、同期の仲間はみんな天田さんを信頼しています」

動揺を押さえて正直に話した。駅長は一呼吸置くと強い口調で言った。

「彼はアカなんだよ。アカは会社をつぶす方針を持っている。アカにかぶれた連中を会社は排除するしかないだろう。私の見たところでは、樋口はまだかぶれていないだろう。彼と付き合うのは今後一切やめなさい」

聞いていると、ため息が出てきた。腰も引けた。視界がぼやけていくようだと思ったら、涙が滲んできた。鼻の奥がツンとした。尊敬する駅長が思いもよらないことを言うので、おざなりな相槌を打つわけにはいかなかった。

「アカってなんですか。天田さんの仕事ぶりは職場で一番だし、俺は天田さんを駅長さん同様大好きです……」

「アカってのは共産党のことなんだ。共産党は暴力で革命を起こし企業をつぶすことを狙っている。天田はその一員なんだよ」

いらいらした表情と荒い言葉で激しく言い切った。樋口は黙って駅長の説教を聞いていたが、納得がいかなかった。頭を伏せて話を聞きながら、天田の笑顔を思い出していた。彼がどんな思想を持とうと、俺には関係がない。だが彼の優しさは信じられた。逆に半年間の駅長の優しさが嘘のように感じられた。

時たま、改札で話かけてくる大学生がいた。長めの学生服を着て目つきは鋭いが愛想の良い男だった。樋口が柔道をやっている話をすると、

「俺は空手を練習している」

と、言う。そして応援団部に所属していて、右翼の学生同盟にも関係しているらしい。けっこう政治に詳しく、共産党や民青の批判を展開する。駅長の話と比べても遜色がなかった。

「国賊、日共、民青を日本から追い出す」

と、吠える時の厳しい表情は迫力があったが、活動の中身が浅く、聞くたびに彼の軽薄さが鼻についてきた。大体、国を愛し人民を愛すと言い正義感をぶちながら、横浜までの

使い古しの切符をねだる。そんな、こずるいことのために、若手の駅員にごまをすってくるのだ。笑ってしまうような軽い奴だった。

「十円、二十円の金でへつらうなよ。恥ずかしいぜ、右翼の名がすたるよ」

と、注意したら薄ら笑いをしながら立ち去った。

秋のさわやかな風が改札を流れている時に、ホームから右翼の学生が降りてきた。樋口を認めると、青い顔をして唾を吐くような調子でしゃべりだす。

「昨日、大学内にある民青の拠点、社研の部室に殴り込みをかけたんだよ。だけどさ、民青の連中、度胸がいいんだ。逆に俺たちの方が囲まれて、理論闘争しかけられて散々だったじゃん。情けねえよ」

あまりにも正直に話すので笑ってしまった。

しかし、社会党の浅沼委員長を刺した右翼の青年は十七歳だった。洗脳された右翼は直情傾向が強いから、情けない男でもあまり馬鹿にすると切れてしまうので多少警戒した。

ある日、高校時代の友人が栃木から遊びに来た。彼は東武鉄道に入り電車の整備工場で働いている。同じ私鉄の会社員だから話が弾んだ。

「一度、横浜で遊びたかった。樋口がうらやましいよ、こんな大都会で働けるんだから。俺は長男だし、栃木を離れることが出来ないよ。それにしても、横浜へ来たら通りを歩く女性が美しいので、うっとりと見つめてしまうぜ」

親しい同級生の真面目な仕事ぶりと、真面目な生活ぶりはうれしかった。友人が幸せに暮らしているのは気持ちが良かった。懐かしい高校の時の思い出話も楽しかった。彼は樋口が欠勤、遅刻もしないで働いていることにびっくりしていた。

「上司と喧嘩をしてすぐやめてしまうのだろう」

と、思っていたらしい。高校時代の不良ぶりを知っているから、そう思われても仕方なかった。

労働組合の話になったが、東武の組合は社会党支持でストライキも貫徹し強いらしい。我が社とは段違いだなと思って頷くと、友人が突然に話をかえた。

「ところで樋口さ、民青って聞いたことがある」

「ああ、左翼の青年組織だろう。知っているよ」

樋口が相槌を打つと、彼は興奮気味に話を続けた。

「民青には絶対入ってはいけないんだってな」

真面目な親しい友人から、突然に民青の話が出たのでびっくりした。

「どうして」

一呼吸おいて質問をした。友人は樋口の顔を見つめると、得意そうに説明する。

「民青って、左翼の看板を掲げた桃色サークルなんだって、組合の幹部が言ってたよ。東武でも青年が何人か巣くっているって力説していた」

民青に入ったら絶対に出世は出来ない、と彼は主張していた。なんか、うちの駅長に頼まれて俺を説得に来たのではないかと、錯覚するくらいの驚きを覚えた。

こんな真面目な男が心底そう信じているのだから、樋口はびっくりする。何よりも労働組合が強い職場の幹部が、そんないいかげんな流言を飛ばしていることに、愕然とした。天田の話や活動から、まるで考えられないデマだと樋口でも感じとった。天田がこの場にいたら怒って怒りまくるだろうと、思った。

東武の組合も我が社の組合も似たり寄ったりだな、でもストライキを実行するだけ東武の方がまともかなと思いを広げた。

樋口はこの数週間に何人もの人たちから民青の話を聞いてきた。民青を良くいう人は誰もいなかった。駅長の話が本当なら天田は民青に入っているのだろう。天田を見ていると、民青批判は当たらないと思う。

国賊、企業つぶし、桃色サークル、どれも天田の日常を見ていると考えられなかった。それが実感だった。

駅長の言うように天田との交際をやめるべきなのだろうか。天田が語る闘う組合の構築や、政治の民主的改革を目指していくのが良いのだろうか。仕事や受験勉強の合間に考えているが、何が真実で、どう生きればよいのか、はっきりしなかった。分からなかった。だが、今、一番大切な受験勉強よりも政治を学びたいと深く思うようになってきた。

樋口がそれなりに政治に関心を持ち始めた頃、寮の近くで学生の流血デモが起きた。十月八日、佐藤首相の外遊阻止を図る全学連の学生が二千五百人集まり、機動隊に投石したり、角材で殴りかかり、警備車も放火された。樋口は野次馬根性丸出しで近くから流血現場を見つめていた。

学生がなぜ佐藤首相の外遊を阻止するのか、少しも分からなかった。学生と機動隊と、どちらが正しいのかも分からない。ただただ興奮した。目の前で警察官と棒切れをふりまわして乱闘する学生たち。映画を見ているような錯覚を覚えた。樋口の高校時代の喧嘩なんか、この乱闘現場を見ていると、赤ん坊が泣きわめいているようなものだった。つばを飲み込み、その場にくぎづけになった。心臓が高鳴っていた。

なぜ、俺はどちらの側にもいないのだろう。なぜ、俺はただの傍観者なのだろう。目の前の凄まじい争いに加われない己が情けなかった。何も分からない無知が悔しかった。大きな驚きは心の許容範囲を超えていた。それが現場を見ていての感想だった。そんな思いに胸を突かれていると、後方から駆けつけた赤いヘルメットをかぶった学生が、大声で演説を始めた。

「我々は日共、民青の日和見主義をのり越えて機動隊を粉砕するぞ、粉砕するぞ。一点突破、全面展開の闘いで突破するぞ」

スクラムを組み、前方の学生たちは角材を構え羽田の弁天橋方面にデモって行く。混乱の現場の中で彼らも民青批判なのだと、ふと思った。

私服の刑事が学生と間違えたのか、捕まえようとしたのであわてて寮方面に逃げ出した。

「俺は関係ない」

怒鳴りながら激しくかぶりを振って逃げ去った。寮に戻るとへたりこみ、動けなかった。激しい興奮に包まれ夕飯も喉を通らなかった。

翌日の『朝日新聞』には羽田で流血デモと一面トップで出ていた。死の激突、無法の炎など総じて学生に批判的だが、阿部知二という作家は首相の訪問にも大きな責任と記していた。

樋口は新聞を読み反代々木系全学連が昨日の学生たちで、その中に社学同や、中核派、革マル派などの派閥があることを知った。

そして全学連の反主流派が民青系で暴力のデモには参加していないことも分かった。

興奮しながら天田に羽田事件の顚末を話すと、

「彼らの暴動は意図的につくられた事件なんだ。目の前で乱闘を見ていれば驚くのは無理ないが、国家権力は彼らを泳がせ、やりたい放題やらせているんだ」

「どうして、そんな事するんですか。実際、学生は一人死んでいます」

あの事件がやらせだなんて信じられない。学生も機動隊も必死に闘っていた。その場で見ていたのだから間違いないと思った。

天田が政治や学生運動について詳しく説明してくれたが、話が難しくて半分も理解出来なかった。ただ、権力の泳がせ政策は愕然としながらも心に残った。

彼らが「日共、民青打倒」と叫び暴れる理由も多少分かった。だが乱闘事件は心理的に打撃を受けた。

悶々としながら仕事をした。学生を泳がせやりたい放題やらせる事に何の意味があるのだろう。事実の本質が分からない、彼らは権力に利用されている事を知っているのだろうか。いや、知っているのならあのような乱闘にはならないだろう。

ホームの放送室でのアナウンスの順番が回ってきた。

「降り乗りご順に足元ご注意下さい。煙草のすいがらは備え付けの容器にお捨て下さい」

何度かやっているのでアナウンスも馴れてきた。声が大きいのでホームに響きわたる。仕事に熱中すると気掛かりで落ち着かない心が冷静になってきた。仕事に没頭するのだ。自分に言い聞かせる。

日中なのでホームの客もまばらだ。先程からホームの先端で俯いている中年女性が気になった。少し前まで、ホームの端から端まで行ったり来たりしていた。各駅停車にも、準急にもなかなか乗車しない。歩き疲れたのか、じっとして俯く顔は青白く見えた。待ち合わせの人が来ないのかなと心配しつつ、真剣にマイクを握り放送を続ける。

「特急電車が通過します。白線より後ろに下がってお待ちください」

轟音を立ててホームに入ってくる特急電車に女性がふわりと飛び込んだ。急ブレーキがかかり車輪の軋む音が耳をつんざく。

一瞬、頭の中が真っ白になった。

「ひいっ」

と、樋口は悲鳴をあげた。

放送室を出ると現場に行くより先に駅員室に飛び込み大声を張り上げた。

「飛び込み自殺です」

駅員たちはブレーキの音で異常を知っていた。主任やベテラン駅員はすでにホームに駆け上がっていた。助役は飛び込み現場から戻ると素早く警察や消防に電話をしている。電話を置くと、動揺している新人駅員たちに、

「おまえたちはホームにあがるな。自殺死体を見るには早すぎる。待機していろ」

厳しく言った。樋口は助役に飛び込みの状況を話すが声が震えて詳しく説明出来ない。

「水を飲んで落ち着け」

助役が厳しく叱咤する。同僚が持ってきたコップの水を飲みほす。

「ホームでの様子がおかしいと思ったんです。俺が声をかけていれば助けられたのに……」

泣きそうな声で報告したが、ショックで言葉に詰まった。

終電車が去った後の飲み会は重苦しかった。主任が茶碗酒を二杯飲み干すと、

「三十年勤めて自殺はこれで三回目、最初の時は飯も食えなかったけれど、今夜の夕飯はしっかり食べたよ。新人さんたちよ、あんたたちもこれからは死体処理をやっていくのだぞ」

気合いを入れたのか、冷やかしているのか分からないがずしりと胸に響いた。駅員は死体処理の仕事もするなんて、夢にも思っていなかった。俺があの人に声をかけていれば、助けることが出来たのにと、痛恨の極みだった。

駅員になって半年の間にいろいろあったが、飛び込み自殺は辛い。どうして死を選んだのだろう。死ぬほど苦しい人生ってなんなのだ。死をこれほど身近で目撃し、考えたことはなかった。数日間、飛び込んだ場面が映像のように浮かび、怖くて辛くて頭を抱えて苦しんだ。睡眠も十分に取れない夜が続いた。

休日に一人で城ヶ島に遊びに行った。蒼い海を眺め、岩場を歩いていると不安定な精神が落ち着いてきた。久しぶりに味わう穏やかな気持ちにほっとした。

するど、天田や駅長の話、目撃した羽田事件などが走馬灯のように思い出された。田舎では考えられない事が続いた。

自分が望んでいる名声や財産を築くことが、本当に大切なのかどうか、皆目分からなくなった。

これからの人生をどう模索し、進んでいくのか、真剣に考えていかねばならない。仕事のあいまに大学受験の勉強をしているが、それとは関係なく、政治を学びたかった。こんなに学びたいと渇望するのは生まれて初めてであった。

クオピオの雨

一

改札を通って外に出るとクリスマスイブのせいか、通りは溢れる人でごったがえしていた。樋口信介はにぎやかな池袋界隈をぶらつき時間を潰した。一日中ワープロを叩いていたので、肩の芯に鈍痛があったが、雑踏を彷徨していると痛みを忘れていた。

行き交う人たちを避けて、ホテルメトロポリタンの前まで歩いて行くと、茶髪や金髪、赤茶髪にガングロ、白っぽい口紅を塗った若者達が甲高い声をあげて騒いでいる。

仲間の一人だろう。道端の植え込みに寄りかかり、足を投げ出している少女が、瞼を閉じて呻いていた。顔色が悪く苦しそうである。介抱している女も、十代にしか見えない。まだ六時前なのに酔いつぶれていた。少女が吐いたのか、鼻をつく臭気が漂っていた。

大丈夫か、と声をかけようとしたが黙って見過ごす。樋口も若い頃呑み過ぎて盛り場の片隅で、のたうち回ることが何度もあった。そんな思いが浮かぶと、腹立たしさも消えていく。

街路樹にはイルミネーションが輝きまばゆいが、人工美のけばけばしさに閉口する。やかましい騒音と混雑は疎ましかった。東京芸術劇場前の広場の片隅では、七、八人のホームレスが寒そうに肩を寄せ、車座で酒を呑んでいた。

樋口は待ち合わせの東武デパート下にある西口交番前で煙草をくわえ佇んでいた。刺すような北風にオーバーのえりをたて、慌ただしい駅前を眺めていると長身の中倉剛が、人混みをさけながら向かって来た。大手商社で働いている中倉は、薄紫とオレンジの色が混ざった派手なネクタイを締めて颯爽としていた。

樋口をみとめると片手を上げ腕時計を見ながら「待たせたな」と声をかけてきた。樋口は「俺もちょっと前に着いたばかりさ」と低い声でこたえた。

ネオン街では真っ赤なミニスカートの人目をつく娘が数人、飲み屋の宣伝ビラを配り客引きをしていた。人混みのなかでも娘たちの姿は目立ったが寒そうでどこかわびしく映る。娘たちの横を一人の男が背をまるめ、ぶつぶつ言いながら歩いていた。くたびれた背広の脇から、汚れたワイシャツがはみ出ている。男は突然、大声で叫ぶが何を言っているのか分からない。きらびやかな街の中に、流浪する人たちが増えている。

中倉が案内した店は駅近くの雑居ビルの地下にある静かな割烹料理店である。店内に入ると外の喧噪が嘘のような静かさであった。

グラスに注がれた吟醸酒で乾杯すると、中倉は「一番忙しい時期に呼び出してすまん」と一言わびて切り出した。

「何度かおまえの自宅や会社に電話をしたが、なかなかつかまらなかった。昨夜やっと話ができたがおまえは相当酔っていた。俺の話が通じていたか?」

「悪かったな。電話があったのは聞いていたが、この間出張続きで返事をする間もなかった。昨夜も忘年会で深酔いをしていてすまなかった。でも藤崎が病気で大変だということはかすかに覚えている」

樋口は頭を下げて情けない顔をした。だが中倉の話がすすむにつれて狼狽した。

数日前、藤崎から中倉に連絡が入った。癌の末期症状で、あと一月持つか持たないかの容体らしい。「中倉と樋口に会いたい」と、しぼるような細い声で訴えたと言う。

中倉は渋い顔をして話を続ける。

「入院先はフィンランドのクオピオ大学病院。十二月二十七日の航空券、関西空港経由だが取れるから一緒に行こう」

中倉は強引に誘う。

「藤崎はまだフィンランドにいるのか」

「国際電話だから詳しいことは聞けないが、あいつは大学をやめた後フィンランドに渡った。奴の田舎は北海道だろう。気候が似ているし、フィンランド人のシャイな人柄が藤崎の気持ちにぴったりだったらしいぜ。貿易の仕事をしながら、もう二十六年も住んでいて向こうの国籍も取っているってさ」

「藤崎の見舞いはやぶさかではないが、二十七日といえばあと三日後じゃないか。仕事だってまだ終えていないし、中倉の会社と違って俺の勤める新日本医師協会は長い休みは取れない。それに連れ合いだって、俺と正月に温泉に行くのを楽しみにしているんだ。ちょっとそれは無理だよ」

樋口は中倉の強い視線を外し率直に言った。

「藤崎は死にそうなんだ。死に際に俺とおまえに会いたがっているんだ。かみさんと旅行なんかいつだって行けるだろう。おまえが行けないなんて言うんなら見損なうぞ」

まわりの客が振り向くくらい中倉の声は大きかった。

樋口は煙草をくゆらせ、仕事や家庭のことを考えた。何とかなるなと思った時、中倉の厳しい怒鳴り声が樋口の胸を揺すった。以前は、中倉に会うと藤崎の思い出が話題になったが、最近は藤崎の話は消えていた。しかし、中倉は藤崎と音信を交わしていた。

「藤崎が大学を去ったのは、おまえと俺に大きな責任があるのをおぼえているだろう。忘れたなんて言わせないぞ」

黙ったままでいると、中倉は何度も執拗に誘う。

「そう怒鳴るな、わかった。一緒に行こう。フィンランドってのは北欧にあるくらいしか知らないし、真冬だもの相当寒いのだろう。服装とか費用とか明日にでも連絡してくれ」

出発する決意を固めると、樋口は妻の顔を思い浮かべて、ふうっとため息をついた。旅立ちの準備や連れ合いとの相談があるので、二人の久しぶりの飲み会は一次会で終わった。珍しいことだったが、樋口は連日の忘年会疲れが出ているのでほっとした。

一人になると混んだ車内で、中倉や藤崎との出会いの頃を思い出していた。

大学入学して間もない頃、樋口は社会科学研究会に入会した。たいした理由もなかったが、マルクスやエンゲルスについて少しは知りたかった。

今から三十二、三年前は学生運動が全国で激しく燃えあがっていた。学費値上げ反対運動、沖縄返還闘争、そして七〇年安保闘争と学生は紛争に突入していった。その底流には、マンモス化し、教育機能を失いつつある大学に対する不満が蓄積されていた。大半の学生は、大学の自治のあり方や政治の動向に敏感に対応し、学生運動に共感していた。その流れの中で、学生の多くはマルクス主義に関心を持っていた。樋口もその一人であった。

それに樋口を勧誘した女性が聞き上手で、樋口の話に何度も頷き、親身になって社研について語ってくれた。細い肩と色白の顔がとても印象的であった。大畑敏江と自己紹介された。大学の中庭で、にこやかに社研の入会を訴えられると、自分の方から「前からマルクスの古典を勉強したいと思っていた」と照れながら返事をしていた。

社研の幹事長は中倉であった。彼は、学年は一級上であったが、樋口と同じように負けず嫌いの性格が似ていて、入会当時は喧嘩ばかりしていた。そんな二人のなだめ役は藤崎修であった。穏やかな性格で、学習会の最中に樋口と中倉が些細なことで激しくやりあうと、

「それは樋口の方が悪い。理論的に中倉の意見が正しいのに、悔しいからといって怒鳴るのでは話にならないじゃないか」

といった按配で、常に二人の間を公正に裁いていた。藤崎は歳も学年も一つ上であったが、樋口からみると幾つも歳上に見えた。そんな三人だったが、飲んべえで旅好きなところが気が合い、半年もすると他の社研部員がうらやむほど仲が良くなり、四畳半二間のアパートを借りて一緒に暮らすようになった。

男三人の奇妙な生活はしばらく続いた。三人にとって有意義なアパート暮らしであった。食事を交代でつくったり誰かが金がなくなると、持っている者が金を出し、毎晩飲み歩いた。夏休みになればテントをかつぎ貧乏旅を楽しんだ。三人とも敏江には憧れていた

が、それぞれが牽制しあい口説く男はいなかった。

同居してから数か月たつと、中倉は自治会活動においても大学の指導メンバーとして活躍するようになった。樋口も後を追うように自治会の執行委員として活動するようになっていた。

樋口が大学二年生になり二十歳の誕生日を迎えた五月の夜だった。中倉が正座して樋口に話しかけてきた。藤崎も横にきちんと座っている。

「樋口の誕生日だから言うわけではないが、おまえは厳しい活動によく頑張ってきたし、そろそろ入党したらどうだ。共産党も上げ潮の時代に入ってきた。大学民主化の闘いも党員たちが奮闘しているのは承知の通りだ。どうだ樋口、今夜決意して入党しないか」

「俺も、先輩から党員になれと勧められたのは一年前の頃だ。深く考えて決意したが、入党して良かったと思っている。最近、敏江さんも入党したらしいぞ」

藤崎も笑顔で語りかける。

樋口はびっくりしていた。いつかはこんなこともあるだろうと予想はしていたが、まさか今夜その話が出るとは思わなかった。最近は自治会活動が厳しく困難になっており、精神的にも激しく揺れていた。動揺する自分に党員の資格はないと決めていた。

素直に自分の心を開いた。

「俺は自治会の執行委員がすごく重くて負担になっている。いつも逃げることばかり考えている。そんな俺だもの、党員になんかなれっこないだろう」

「馬鹿野郎、俺だってすべて放り投げてどこかへ行ってしまいたいと思う時もある。樋口、おまえが考えていることは俺も藤崎も同じなんだよ。強くて動揺もしない心を持ってから、党員になるなんて人はいないよ。みんな弱さをかかえて、困難に立ち向かうなかで成長していくのだろう。それが社研で学んだ弁証法じゃないか」

　中倉は強い口調で言い切った。藤崎も頷きながらしゃべりだす。

「中倉の言う通りだ。自治会活動から逃げ出したいといったって、樋口はずっと頑張っているじゃないか。党員になってお互いに成長しようじゃないか」

　二人の説得が続いた。党員になれとすすめる二人の思想の高さと情熱に頭が下がるばかりである。

「共産党という看板を背負うと窮屈そうに感じるが、そんなことないと思う。独自の自覚した規律の中で鍛えられ、先進的な人たちと一緒に社会科学を学び実践しながら大学の民主化をめざすのだ。やりがいがあるじゃないか。樋口、一緒に活動していこう」

　藤崎の真剣なまなざしと説伏は樋口の心をゆさぶる。

　二人の熱い思いがひしひしと胸に伝わってきて、樋口は、これで入党しなかったら自分はだめな男だなと思った。よし共産党員になるか、彼らと人生を共にするのも悪くないな、かつてない強い決心だった。決意したら気持ちがすっかり落ち着いた。

冷蔵庫からビールを取り出し乾杯したが、樋口は俺も党員になったのだと感慨深かった。しかし党員としてやっていけるのだろうかという不安も少しあった。酒に酔ったわけでもないのに、いつも冷静な藤崎が樋口を励ました。

「俺たちは同志だ、共産党万歳！」

隣の部屋に聞こえそうな大声だった。それにあわせて中倉が断固たる口調で言う。

「そうだ、藤崎の言う通り俺たちは同志だ。そして兄弟だ。兄弟、これからもよろしく」

強い力で手を握ってきた。握り返しながら中倉のせりふは何となく右翼的だなと思ったら、可笑しくなって吹き出してしまった。そんな樋口を二人は温かく見つめていたが、はじめて樋口の顔に笑いが浮かんだので、彼らも声高に笑いだした。

それ以降、三人は青春を大学民主化闘争に傾注していった。見た目には派手なアジ演説やデモを指揮する中倉や樋口と異なり、藤崎は全学連の機関紙「祖国と学問のために」の配達や集金など、地道な組織活動に徹していた。

樋口が久しぶりに社研の学習会に参加し、藤崎と帰宅途中のことだった。国電に乗車しようとしていたら、急に息苦しさに襲われた。呼吸しようとしても空気が吸えなかった。このままでは呼吸困難で死ぬのではないかと恐れて、次の駅で飛び降りた。外の冷たい大気に触れて少し落ち着いた。しかしゆっくり深呼吸したが、息苦しさは変わらなかった。大声を出して助けを求めたかった。胸を押さえ必死に呼吸をしようとしたが、苦しさは増すばかりである。立ち竦み、死の恐怖におののいていた。

死ぬ、死ぬ……。頭の中が真っ白になり、喉を掻きむしりたくなった。柱にもたれて一人苦しんでいると、不意に樋口の背中をさすりながら、藤崎が心配そうに声をかけてきた。

「樋口、どうした、大丈夫か」

「息が苦しい、助けてくれ」

藤崎は樋口をベンチに座らせると、駆け足で改札口へ向かい、駅員からコップに入った水をもらってきてくれた。樋口は少し水を飲むと落ち着きを取り戻し、藤崎がそばにいるということが分かっただけで安心できた。薄い空気が肺に入っていくように感じる。もう一息水を飲み干すと、普通に呼吸ができるようになっていた。

途中下車して診療所に寄った。

「ストレスや睡眠不足から来る過換気症候群との診断だよ。このところ君は寝ないで党活動や学生運動に頑張っていたからな。思春期の女の子たちがよくかかる病気らしいぜ。樋口は繊細だからな、まあそれが君のよいところだけど。死ぬことはないから安心しろってさ。薬さえ出ない」

藤崎が苦笑いしながら医師の診断について説明してくれた。彼も心の底からほっとしているようだった。あの場に藤崎がいなかったら、本当にどうなっているかわからなかった。彼はいつも奥深いところで樋口を支えていた。兄のような存在だった。

だが藤崎はある事件をきっかけに大学を退学してしまった。あの藤崎が死にそうだなんて。樋口はため息をついた。

藤崎は死を目前にして、自分との再会を望んできた。樋口も会いたいという気持ちが、胸に高まってきた。

二

車内は混雑している。両手で吊り皮を握ったままぶらさがった男が、樋口に重く寄りかかってきた。樋口は軽く押し返す。男は濁った目で睨み「何だ、この野郎。わざと押したな」と声を荒げた。樋口は不快感を抑え無視した。男が執拗にからんでくると思ったが、吊り皮にもたれたまま頭を下げている。一瞥すると口の端に涎を垂らしながら眠っていた。

二十七日早朝の羽田空港は混んでいた。関西空港にいくだけで疲れがたまる思いだ。関西空港の国際線は正月を海外で過ごそうという旅行客であふれていた。

やっとヘルシンキ行に搭乗する。ヘルシンキまでおよそ十時間かかる。乗客はほとんど日本人である。それも若い人たちが多い。

中倉が旅慣れているから安心だ。ヘルシンキに着くとまた乗り換えてクオピオ空港に向かうという。外国語に弱いから自分一人では行けないなと感じた。

隣に座った若い女性は一時間おきに、コンパクトの鏡を見つめ化粧直しをしている。

機内食を食べ薄い水割りを口に含むと、緊張がほぐれてきた。中倉は少しうとうとしたのか、両手を広げて大あくびを噛みころし声をかけてきた。

「二十七日、夜にはクオピオ大学病院に着くと、電話をしたら藤崎は喜んでいた。フィンランドの病院はすごいよ、病室の枕元に電話が置いてあるんだから。福祉や医療は評判通り充実しているみたいだ。少しくらい税金が高くても、庶民のために使われているんだ、さすがだ。それから彼の奥さんがクオピオ空港まで迎えに来てくれるってさ」

「奥さんがいるのか」

「話していなかったか、藤崎はフィンランド人と結婚しているんだ。子どもも一人いるらしい」

時折窓から下を眺めると、広大なシベリア大地が果てしなく続き、真っ白に凍結した川がいく筋も、凍てつく大地の谷を蛇のようにくねくねと曲がっている。

荒涼たる景色を見ながら、藤崎の無念さに思いを馳せた。どんな思いをしているのだろう。ウイスキーを呑んだせいか少し感傷的になっていた。かつての親友がいくばくもない命を前に会いたいと連絡してきたのだ、中倉に誘われた時、なぜ躊躇したのか。考えだすと、あまりにも長い期間、無沙汰したせいだと結論にいたる。せめて手紙のやりとりでもしていれば、すぐに腰を上げたろうに。ともあれ中倉の決断に従って良かった。

ヘルシンキ空港は思ったほど寒くなかった。空港内で国内線を探し、クオピオ空港行きの搭乗口に着くと日本人は誰もいなかった。中倉が英語が達者なので安心だ。樋口は中学生程度の英語しか話せない。

クオピオ空港行きの案内が掲示されるが、フィンランド語とスウェーデン語なのでさっぱり分からない。合間に英語も出るが、樋口には読み切れない。

「四十分遅れるってさ。でも乗ってしまえば、ヘルシンキからクオピオまで一時間弱だ。ここまで来ればひと安心さ」

中倉は樋口の不安を見抜いたように呟いた。

ヘルシンキからクオピオまでの距離は三百キロある。クオピオ市は人口八万人で大学が多い文化都市だから、日本のつくば市のようだと中倉は事前に知った情報を聞かせてくれた。

夏ならば限りない森と湖の世界を楽しめるが、冬のフィンランドは厳しい。午後三時を過ぎると日が暮れていく。薄暗くなったヘルシンキ空港を四十分遅れて、飛び発つ。

「もうすぐ、藤崎に会えるな」

中倉が囁いた。樋口は黙って頷いたが、二度の乗り換えや、緊張のためにぐったりと疲れていた。中倉も疲れているのか目の下に青黒く隈が出ていた。機内はほとんどが白人だった。樋口の隣に座った五歳くらいか、褐色の瞳の女の子が不思議そうな顔をして、樋口の顔をじっと見つめている。樋口がにこっと笑って会釈をすると恥ずかしそうに母親の胸に顔を埋めてしまった。

クオピオ空港は小さな空港であった。滑走路や空港周辺はあかりに照らされ、白く輝いているが、まわりの森や畑は闇に覆われ灰色である。鈍色の空から粉雪が舞っている。

二人が入国手続きをすませロビーに出て、きょろきょろしていると、金髪でそばかすの目立つうりざね顔の中年の女性がすっと歩み寄って来た。

「ツヨシナカクラ、シンスケヒグチデスカ」

軽くおじぎをすると片言交じりだが、なかなか達者な日本語で名前を呼んだ。

中倉は女性の前に立つと背筋を伸ばした。

「はいそうです。私が剛・中倉です。こちらは信介・樋口です」

会釈して答えると女性と抱きあった。樋口は抱きあう習慣になじめず照れもあり、両手で彼女の右手を優しく包んだ。

「トオイトコロカラアリガトウ。ワタシ、ヘイデイフジサキデス」

親しみを感じさせる女性である。

「日本語大変上手ですね」

樋口は優しく声をかけながらも、彼女が日本語を話せるので安心した。

ヘイデイは親指と人差し指を広げて、

「スコシシカハナセマセン。オサムニニホンゴマナビマシタ。ニホンニモ、ニドイキマシタ」

微笑みがとても親しみやすい。

ホテルに入ってから病院に行くと言う。ヘイデイの運転する車は時速百キロを超えている。道路の両側の針葉樹林の森が飛んでいく。一般の道路なのに高速道路のようである。すれちがう車がほとんどないせいだろう。

ヘイディは「オサムガヨロコビマス」と消え入るように呟くと、その後は黙って運転していた。

車内にメロディーが流れた。聞いたことがあるような曲だった。樋口は中倉にそっと問いかけた。

「何の曲だろう」

中倉は顔を左右に振り「分からない」と応える。するとヘイディが、

「シベリウスノ、カレリアデス」

と教えてくれた。シベリウス、さてどんな作曲家だったろうかと考えているうちにホテルに着いた。

クオピオ大学病院は市内外れの小高い丘の上にある。ホテルにトランクを置き、病院に到着した時には午後八時を過ぎていた。

古い荘厳な造りに、フィンランドでもトップクラスの病院であることが理解できた。院内には病院独特のアルコールの匂いはなく、扉もすべて自動である。

藤崎は三階の二人部屋に入院しているという。ヘイディが最初に部屋に入り、樋口達も後に続いた。

青白い顔色、こけた頬、痩せ衰えた身体の男がくぼんだ眼をしばたたかせて迎えてくれた。二人の顔を食い入るような視線でじっと見つめる。もう一つのベッドは空いている。

三十年前の藤崎の顔が一瞬浮かび上がったが、ベッドに横たわる男にはその面影がなかった。抗癌剤か放射線療法のせいだろうか、頭髪は薄く縮れており真っ白である。

「よく来てくれた」

細い声だったが、はっきりしていた。ヘイデイがベッドを少し起こした。藤崎は交互に二人の顔を凝視する。

中倉は藤崎の肩に手をかけ、片方の手で藤崎の手を握っている。樋口もベッドにより添った。

藤崎は二人の顔を見つめもう一度同じ言葉を発した。

「中倉、樋口よく来てくれた」

しわがれた涙声になっていた。

樋口は熱いものがこみあげてきたが、藤崎のやせ細った頬を、そっと両手で包むように触れた。こけた頬は冷たかった。

「会えて良かった」

太い声で泣き声を隠し、藤崎を見つめた。

中倉の目も潤んでいる。ヘイデイは片隅に佇み、しゃくりあげて泣いていた。

藤崎は二人を交互に見つめ話しだす。

「半年位前から背や脇腹に軽い痛みを感じていたが、筋肉痛位にしか思わずほうっておいた。しかし、二か月前背中がこらえきれない激痛に襲われた。外来で診てもらったら、すぐに入院しろと言われた。その一週間後、末期癌と告知されたよ。恐怖と絶望でもがき苦しんだ。一時は落ち込み自殺も考えたが、今は死を受容して心も穏やかだ」

苦しそうだが、顔をしかめて淡々と続ける。

「死ぬ前に君たちに逢いたかった。君たちと暮らした学生時代が懐かしかった。迷惑とは思ったが連絡した。フィンランドまで来てくれて本当にありがとう」

藤崎があまりにも冷静なので、部屋のなかの波立つ悲しみが静まっていく。

樋口の心に、遠い異国で命を落とす藤崎を哀れむ気持ちがあったが、死を受容した男のすごさにそんな気持ちは消えていた。

「君たちに再会できるとは思っていなかった。ありがとう、とてもうれしい……」

虚脱したように話すと、目をつぶった。

二人が見舞いにきてから、すでに二時間近くたっていた。

「藤崎、おまえ疲れたようだから俺たちはホテルに戻るが、明日も朝から来るからな。何日も二人で病院に来るぞ」

中倉が強く言い切ったが、その言葉には深い思いやりがこめられていた。藤崎の目尻から涙が一筋流れた。ヘイデイがホテルまで送ると言ったが、丁寧に断り、病院の前でタクシーを拾った。

ホテルのバーでビールを呑んだ。苦くてうまくなかった。腹も減っていたが、食欲はわかない。

フィンランドはクリスマスホリディの土曜日の晩のせいか、ホテルの中は若者たちでごったがえしていた。一人の若者が英語で話しかけてきたが、返事をする気にもなれず、顔をしかめた。ウイスキーに換えてストレートで呑み始めた。中倉も二杯、三杯と強い酒を呑み干しているが、暗い表情のままである。

「さあ寝るか、本当に疲れた」

中倉の腕時計は日本時間と、フィンランド時間が出るしゃれた時計だが、日本時間を見ると驚いた。午前四時を回っていた。

「昨日は朝四時に起きたから、何だ二十時間以上寝ていないわけだ。疲れるはずだ」

中倉と樋口は顔を合わせると苦笑いをした。

三

ホテルの朝食を早めに取り病院に向かう。クオピオ市役所広場の一角に、大きな寒暖計が設置されてマイナス九度になっていた。広場では野菜や焼きたてのパン、衣料品などの朝市が開かれにぎにぎしい。広場周辺は人口の割りには活気がある。

二人は朝市を見物しながら広場を横切ると、雪の道を足早に急いだ。

「氷点下九度じゃ、思ったより寒くないな」

樋口が白い息を吐きながら、しゃべりだした。

「ホテルの支配人が言ってたが、フィンランドもエルニーニョ現象のため、数十年ぶりの暖かさらしいぜ」

雪に覆われた歩道はウォーキングをしている夫婦や老人がいる。氷点下二十度、三十度の世界では、家にとじこもりがちで、どうしても運動不足になりウォーキングやクロスカントリーがさかんだと、昨夜ヘイデイが言っていた。

「だけどこの方向で病院に行けるのか」

樋口は不安そうに尋ねる。

「大丈夫、地図をしっかり頭にたたきこんだから。今日だって一日病院にいるのだから、我々も少しは運動した方が良いだろう」

ホテルから病院までおよそ三キロの雪道を、五十分で歩いてしまった。慣れない雪道を初めて歩いたのに、思ったより早く着いた。病院に着いた時には、少し汗が出るくらいであった。病院の患者や見舞い客は日本人が珍しいのか、樋口たちをじっと見つめる。

部屋に入ると藤崎一人だけであった。

彼は「よお」と寂しそうに言い、起き上がろうとした。

「おはよう、無理するな」

樋口も中倉も親しみをこめて挨拶をする。二人がベッドの横に座ると藤崎は昔を懐かしみ、三人で暮らしていた頃を思い出し語り続けていた。ときたま疲れるのか瞼を閉じる。樋口は相づちを打つだけで、彼の話に耳を傾けていた。中倉も黙ったまま藤崎の話を聞いている。

「大学をやめた後、逃げるようにヨーロッパに渡り、皿洗いなどのアルバイトをしてな、半年くらい各国を歩いてた。フィンランドへ着いたら、この国の人たちが優しい。黄色人種だからって差別しない。シャイで謙虚で、俺の気持ちが素直に受け入れられる」

藤崎は静かに述懐する。

「一度、日本に戻った。俺はおふくろと二人きりだからフィンランドで暮らすことを伝えたかった。おふくろは許してくれてな。こっちで暮らして十年もたった時だろうか、おふくろは亡くなった。亡くなる前に娘と女房を連れていったら喜んでな……」

藤崎はふうっと細い息を吐くと、口をつぐんだ。

沈黙を破るように二人の看護婦が笑顔で入ってきた。中倉と樋口と交互に握手をかわすと、背の高い年配の看護婦が英語で話しだした。樋口には何を言っているのかほとんど分からない。中倉が頷きながら、達者な英語で答えている。そして樋口に通訳する。

「遠い日本から友人のためにお見舞いありがとう。修も心から喜んでいるだろう」

若い看護婦は藤崎の血圧を測る。藤崎と看護婦はフィンランド語で会話をしている。

看護婦は藤崎の測定が終わると軽く頭を下げ、部屋を出ようとした。中倉は看護婦を引きとめると、日本から持ってきたカレンダーを彼女たちにプレゼントした。カレンダーの表紙は紅葉に燃える白神山地の風景だった。看護婦はこぼれるような笑顔で礼を言う。

藤崎はこけた頬を引き締めると、中倉と樋口が意図的に避けてきた大学をやめた事件に触れてきた。どうしても伝えたい、という気持ちが滲んでいた。

「俺はあの時、奴らの暴力に脅かされて、今後学生運動は二度としないという自己批判を書いてしまった。その後、君たちに励まされても、自分の弱さに負けてどうにもならなかった。それで逃げるように大学を去った。さっき話した通りフィンランドでの人生に悔いはない。だがあの自己批判だけは口惜しい」

　樋口の忘れかけていた記憶が、生々しく蘇ってきた。


　一九六〇年代後半から全国の大学で闘われた大学民主化闘争は、大学の自治と自由を擁護する全日本学生自治会総連合に広範な学生が結集した。しかし「反帝、反スタ」をスローガンに掲げ日共、民青打倒を叫ぶ、トロツキスト暴力学生集団との争いも激烈になっていった。

　樋口たちの通う大学も例外ではなく、社学同や社青同解放派のセクトは野合して「三派全学連」を名乗っており、全学連に参加する学生たちと、激しい争いが繰り広げられていた。

　社研はマルクスやエンゲルスの古典を中心に学んでいるが、学ぶだけではなかった。学費値上げ反対闘争など大学の自治と学問の自由を守る大学民主化の活動にも積極的に取り組んでいた。社研は全学連を支持していた。そのために社研の中心メンバーは三派系から個人テロをふくめて「抹殺」の対象となっていた。

　三派系によるバリケード封鎖が「貫徹」され、全学連に加わる学生たちに、三派の暴力が襲いかかった。学内でのテロリズムは野蛮をきわめ、民青や全学連支持者ばかりでなく、三派系に少しでも批判的な立場をとるものならば、ノンポリ学生さえ彼らの餌食となった。

社研の活動も学内では開けなかった。そんな折り「サークル・研究会連合総会」の案内が正門の大きな立て看板に掲示された。

サークル・研究会連合の執行部を牛耳っているのは三派系学生である。沈んだ空気の中で社研の全体会が開かれ、総会に出席するか、欠席するかで激しくもめた。総会に出て意見を出しても無視されるどころか、社研というだけで暴力をふるわれる。おおかたの部員は欠席にしようという意見で、樋口も同じような考えだった。

しかし、藤崎は反対した。

「研究会連合は三派ばかりではない。社研と同じ立場の研究会もいくつかある。それにノンポリが所属する研究会もたくさんあるじゃないか。総会で社研の主張をしないなんて日和見主義ではないか」

正論に、誰も何も言えなくなってしまう。中倉もきっぱりと発言した。

「藤崎の言う通りだ。暴力をふるわれるから欠席じゃ三派系の思い通りになってしまうじゃないか。総会には俺が出る。あと一人、樋口おまえも出るだろう」

じろりと、ねめつける。樋口はしぶしぶうなずいた。

「分かった、俺も出るよ」

「中倉や樋口が参加してはだめだ。二人とも自治会活動をやっていて、連中には顔も名前も知られている。君たちが出れば、奴らのおもうつぼだ。俺が出るのが一番よい」

藤崎は動じないで言い切った。中倉がかなり反論したが、藤崎は一人で参加するといってきかなかった。樋口は総会参加を決意したが動揺しており、藤崎の言葉にのってしまった。逃げだ、日和見だ、と思ってもどこか片隅でほっとしていた。そんな樋口の及び腰を見透かしたように、敏江はきつい目つきで睨んでいた。

藤崎は一人で行くと言って最後まで意見を変えない。こんな強気な藤崎を見たことがなかった。

アパートに戻ってから中倉は怒ったように言う。

「大学の共産党支部指導部は総会参加は当然という決定だ。しかし暴力が起きるのは間違いないと見ている。暴力を防ぐために総会会場周辺に、いつでも救出できるよう仲間を配置する。だから藤崎、俺も総会に出るよ」

藤崎はそれでも首を縦に振らなかった。

「支部の決定はうれしいが、君たちが参加すれば挑発するだけだろう。ここは俺に任せてくれ」

中倉も樋口も藤崎のかたくなな態度の真意が分からなかった。深夜に及ぶ説得の末、藤崎も中倉の総会参加を納得した。しかし発言は藤崎がすることで了解した。

総会で藤崎は積極的に発言した。

「それぞれの研究会、サークルはいろんな考え方を持っている。個人の思想の自由を守るのが民主主義の基本になっているのだから、研究会の思想、信条の自由を認めるのは当たり前ではないか」

「ナンセンス」「民青、死ね」「日共、生きて帰れると思うな」

三派の口汚い野次が会場に響く。総会終了後、藤崎は三派の学生に囲まれた。中倉が藤崎を守り退場しようとしたが、数人の学生に会場から引きずり出されてしまった。一般学生も藤崎を救出しようとしたが蹴られ、殴られ、一瞬の内に会場から追い出されてしまった。中倉は仲間の待機場所に駆けつけ、藤崎が拉致されたことを告げる。彼の目は吊り上がっていた。総会会場に樋口たちが救出に向かったときには誰も居なかった。

「学生会館のやつらのアジトに違いない」

中倉が大声で叫んだ。仲間たちはみんな顔面蒼白だった。ぶるぶる震えている男もいる。

樋口は彼らの野蛮な行為に心の底から怒りがわき出した。何としても助けるという怒りは自分の思想的な弱さや、日和見主義、暴力に対する恐怖心すら吹き飛ばしていた。自分が殺されても藤崎はどうしても救うぞ、不退転の決意だった。

三階のアジト前まで樋口らは全力で階段を駆け登った。ドアの前に立つと中から、かすかに呻き声が聞こえてくる。ドアを力まかせに引き開けた。瞬間、

「民コロだ」

と、三派学生の驚いた声が響く。赤や青のヘルメットをかぶった男たちが十人くらい、むさくるしい室内にたむろしていた。鉄パイプを構えた学生もいた。

「おまえら！　許さねえぞ」

樋口は吠えると部屋の中に飛び込んだ。ヘルメットをかぶった三派の学生たちは、突然の乱入に逃げ腰になった。しかし、樋口の前にいた男がいきなり鉄パイプを振りおろした。樋口は一瞬身を転じたが、肩に激しい打撃を受けた。怒りと憎しみで、鉄パイプを持った男の頬を思い切り殴りつけた。男の歪んだ顔が目の前にあった。殴られた痛みと恐怖で顔がこわばっている。鉄パイプは床にころがった。胸ぐらをつかみ、もう一度殴ろうとしたら中倉に右手を押さえられた。

「樋口、少し落ち着け」

中倉は諭すと彼らを鋭く睨み怒鳴った。

「藤崎をどうした」

中倉の前にいた小柄な男が片隅を指さした。

突然、彼らのリーダーが「退却」と大声で叫ぶ。部屋の入り口付近でこぜりあいがあったが、三派学生はすばやく逃げ去った。

「追うな、追ってはいけない。早く藤崎を救いだせ。やつらは仲間を動員してまた戻ってくるぞ」

誰かが必死に叫んでいた。部屋の隅に藤崎が横たわっていた。樋口は凍りついたように凝視した。

どす黒く腫れあがった顔と、煙草で焼かれたのか手の甲が赤黒くただれていた。リンチがいかにひどいものだったか分かった。激しい怒りと深い後悔が胸をよぎる。樋口は肩に鋭い痛みを感じたがこらえた。

藤崎は病院で治療を受け、アパートに戻っても何も言わなかった。樋口は藤崎の傷口を冷たいタオルで何度も冷やしてやった。

真夜中、藤崎は虚ろな目で呟いた。

「俺はだめな奴だ、書いてしまった。あいつらの暴力に屈して、二度と学生運動には参加しないと自己批判を書いてしまった」

悲痛な声だった。樋口はぼんやり聞いていたが、突然背筋に冷たいものが走った。

苦い思い出だった。

「そんなこともあったな……藤崎は、まだあんな事件を覚えているのか。おまえがいなくなってから、自分たちが情けなくって、いつか再会したら謝らなくてはと、樋口と話をしていた」

中倉は藤崎に深々と頭を下げ、ため息をついた。

「三派や全共闘を名乗っていた暴力集団は、今の日本では一握りのテロリスト集団に過ぎない。国家権力が彼らを泳がせ、マスコミが大々的に宣伝し支援したが、彼らの疑似革新性はとうにばれている。若い時にそんな集団の暴力に屈したからといって、いつまでも悩むのはおかしい」

樋口も必死に話した。中倉も続ける。

「樋口の言う通りだ。藤崎は遠い国で家族を守るために最大の努力をしてきたではないか。おまえの真面目な生き方は家族も俺達もよく分かっている。もうあんな事件は忘れろ」

藤崎は二人を見つめ頷いた。ほっとした表情をつくると瞼を閉じた。

樋口は中倉に目配せして、そっと部屋を出た。三階病棟の奥にあるベランダに行き、日本から持参したマイルドセブンに火を点けた。雪をかぶった樹木を眺めていると寒気が頬につきささり、震えあがるような寒さに包まれる。

病院と森の間の細い小道を大きな狩猟犬を連れて、中学生くらいの男の子が歩いてきた。下から樋口をみとめると、東洋人なのでびっくりしたのか、じっとこちらを見つめている。樋口がにこりと笑い、軽く手を振ると、男の子はあわてて犬と一緒に走り去った。

灰色の空から粉雪が舞い、樋口の顔や頭に吹きつけ、煙草の火を消した。二本目をふかし始めると、ベランダの戸を開けて大きな男が煙草を吸いに来た。フィンランド語だろう、挨拶をされても何を言っているのか分からない。軽く頭を下げてライターを点けてやった。男は火が消えないように大きな分厚い手で、ライターを囲い煙草の火を点けた。

煙を吐き出すと「オサム……」としゃべりだした。ガウンをはおっているのをみると入院患者だろう。ふんふんとうなずいていたが話が通じないのが分かると、男は黙ってしまった。

口の回りは不精髭がはえて、むさくるしい印象を与えるが、寂しげな表情が際立つ。男が出ていくと、樋口は鼻をすすり上げ、さめた気分になっていた。

死の至近距離にある藤崎は静寂だった。自らの生をあきらめたように死を受容し、五十年間精一杯生きて今迎えようとする死。ときおり見せる無表情な顔には、家族や自分を守るために、必死に闘ってきた重みが感じられる。

死ぬ覚悟が決まったらなんとなく心が安らかになったと、気負いなく言う。それは肉体の苦痛を和らげる末期医療や、死の不安を克服する精神的ケアが見事に実践されているからなのだろう。

死が目の前にあって我々に会い、学生時代の痛恨の思いを述懐する藤崎。樋口は人間として尊厳ある死をと願った。

だが尊厳ある死って、一体どういうことなんだ。

「俺も中倉もそのうち死ぬ。だから悔いのないように毎日充実した生き方をしたい」

前に中倉と飲んだ時、そんなご託を並べたような気がした。

毎日が充実した人生、冗談じゃない。そんなことありえないだろう。心の中で藤崎に呼び掛けていた。

なあ、藤崎。おまえだって外国で大変だったろう。高福祉、高医療の国で気の合う人たちに囲まれ、本当に幸せだったか……。

若者の失業率も世界でトップクラスだ。日本からみると充実した社会のようだが、まだまだ矛盾は多い。もうすぐいなくなるおまえに、へりくつを並べても仕方ないな。だが、日本にくらべれば何とホスピスがしっかりしていることか、それがうれしい。おまえは二十六年間、この国で頑張ってきたんだ。立派だ。そう、今の俺にできるのはおまえの話に耳を傾けることだけだな。

支離滅裂になってきた気持ちを一掃し深呼吸をした。喉の奥を冷たい大気が刺激した。体全体に鋭い痛むような寒気が走った。外はかなり凍てついていた。

夕方病院を出る。時差ぼけと睡眠不足、そして濃密な悲しみが漂う部屋に長時間いたせいか、二人は疲れ切っていた。樋口は歩きながら目頭を手の甲でこすった。

市役所近くの繁華街で居酒屋をみつけた。二人はおそるおそる店に入った。店内は煙草の煙が充満しており、老人や樋口たちと同世代の男女で混雑している。一見、日本の赤ちょうちんのようだが、つまみは何もない。

生ビールの冷たさが喉にしみる。二人を客たちは珍しそうに眺めるが、話しかけてくる者はいない。樋口はほっとしてビールのおかわりをした。飲んでいる人たちの服装が質素なので親しみやすかった。

今日、昼近く病院に来たヘイデイに、

「今夜から、私達の家に泊まって欲しい」

と言われた。

藤崎も「ぜひそうして欲しい」とすすめてくれたが丁重に断った。ヘイデイは仕事を持っているし、藤崎の看病で相当疲れている。そんな家に泊まれるものではなかった。ホテルはとりあえず三泊予約したが、いつでも延長できると言われている。

「いつまでクオピオにいる?」

樋口は中倉に問いかけた。

「今度の成田行きは一月三日だが、正月だから座席が取れるか、どうかだな。俺は次の六日発成田行きに乗るつもりだ。おまえは三日が取れれば先に帰ったらいい」

「家族にも、会社にもいつ帰れるか分からないと伝えているから、おまえと一緒に帰るよ。このところ、休日も出勤して働いていた。少しくらい正月休みが長くても罰は当たるまい。それに三日は無理だ。来る時も日本の若者がうようよしていた」

「よし、それで決まりだな」

夕暮れは早く、三時には街は薄暗くなる。包みこむ闇の中を二人はゆっくりとホテルまで歩きだした。

四

十二月三十日朝、病院に着くといつもは昼頃から来ているヘイデイがすでに待っていた。

彼女は、大学病院近くの一番高い山にそびえるブイヨタワーに案内してくれた。タワーの下にはスキーのジャンプ台があり、ここでは国際大会も開かれるという。

「コノジャンプジョウデ、ニホンノ、ハラダ、フナキガトビマシタ。ソノトキノチャンピオンワフナキデス」

ヘイデイは日本の著名なジャンプ選手の名前を知っていた。

タワーは高さ七十五メートルあり、クリスマスホリデイ中なので見事な大ツリーやきらびやかなネオンが、真っ白な世界にことのほか輝く。山の坂道や頂上付近には針葉樹林の大木が繁り、メルヘンの世界にいるようで樋口は感激し、くつろいだ。

サンタクロースの扮装をした人やトナカイとも出会い、久しぶりに気持ちが和んだ。タワーから望むクオピオの街や郊外の銀世界は北欧の情緒に満ちており、改めてフィンランドにいることが実感できた。

樋口がはしゃぐ様子にヘイデイはうれしそうに、

「ステキデショウ、マイトシ、イマゴロ、オサムトココヘキマシタ」

と、安堵の吐息をもらしたが、悲しげな響きを伴った。フィンランドに来て、初めてカメラのシャッターを切った。二人とも藤崎の病のことが不安で気持ちの余裕がなかった。

だがヘイデイの気持ちを盛りたてるためにも樋口は大声を出して笑い、雪の中を走り回った。

　病院へ戻ると、ブイヨタワーでの楽しい出来事を藤崎に報告する。彼は満足したように聞きながら、ふっと何かを思い出したように尋ねてきた。

「社研にいた大畑敏江さん、ほら三人が惚れていた敏江さん、今はどうしてる」

「それは中倉に答えてもらわなくちゃ」

　樋口はにやにやしながら、中倉の横顔に目を向けた。

　中倉は咳ばらいをすると静かに言った。

「俺の女房だよ」

「そうなのか、やはりな。あの頃、俺は君たちをだし抜いて、敏江さんに自分の気持ちを率直に訴えたことがあった。でも彼女は中倉が好きだって、はっきり言った。俺は見事に振られた。悲しくて二、三日飯も喉を通らなかった。リンチの話で大学やめたみたいなことを言ったが、敏江さんに振られたのは本当に辛かった。中倉の前でこんなこと言うと怒られるが、暴力を受けたり振られたりで欝状態だった」

　苦しそうな表情で話を続ける。

「総会に一人で参加するって言い張ったろう。敏江さんに振られて間もない頃だった。俺だって三派の中で闘えるんだって、敏江さんに当てつけたかったんだ。見えを張ってもざまはなかったが」

藤崎の話に樋口は胸を打たれた。だから正直に学生時代の出来事を語った。

「いつだったか敏江さんが俺に話があると、喫茶店で待ち合わせしたことがある。まいったね、俺だって惚れていたんだぜ。それを知らないでか、中倉を好きで藤崎を尊敬しているって言うんだ。俺は一体何だねと思ったけれど、敏江さんの代理で俺が中倉を口説き落としたよ。藤崎がいなくなって、中倉と敏江さんがデートしている時なんか寂しかったぜ」

余計なことだと思ったが、藤崎に伝えたかった。

「フィンランドに来るのに、中倉と俺に一刻も早く発てと、はっぱをかけたのは敏江さんだ。彼女は藤崎の病気を本当に心配している」

藤崎の手を包みながら続けた。

「ヘイデイは思いやりがあって、心の澄んだ素晴らしい女性だ。フィンランドに住んでよかったじゃないか」

藤崎は目を閉じて軽く頷いた。疲れたのかそのまま眠ってしまう。

ヘイデイが医局から戻って来たのでブイヨタワーの感謝をし、これからホテルに戻ると伝えた。ヘイデイはうれしそうに、二人の顔を交互に見つめてしゃべった。彼女の表情は新鮮な歓びに包まれていた。

「ドクターモビックリシテイマス。ツヨシトシンスケガミマイニキテカラ、オサムノキリョクガモドッテキテイマス」

樋口は何度も頷き、喜びをともにした。

「オサムニモイワレマシタ。コンヤムスメトホテルニイキマス。マッテテクダサイ」

ホテルのレストランで軽い食事を取った。エビサラダが抜群にうまい。樋口は何でも食べるが、エビは好んで食べるほうではない。しかし、このレストランのエビは最高の味である。この三日間、エビサラダを毎晩食べている。

「樋口、このエビはザリガニだよ。おまえの田舎で食べたあの味覚だ。なんか懐かしい味だと思っていた。ここは湖の国だろう」

中倉がおもむろに言った。そうか、ザリガニか、だからうまいのだ。子どもの頃食べたザリガニのうまさが、しっかりと脳裏に残っていたのだ。その舌ざわりを思い出しながら樋口は感慨深く頷いた。

部屋に戻ると、ヘイデイの来訪をフロントから伝えてきた。

ヘイデイも娘さんも毛皮のオーバーを脱ぐと、それぞれ白いドレスとピンクのドレスで正装していて眩しいくらいだ。娘さんの名前はシスコ、二十歳で専門学校で絵画の勉強をしている。細く高い鼻梁、切れ長の目は藤崎よりはるかに母親似で、日本人の血が半分流れているようにはみえない。

ヘイデイが笑顔で話す。

「コノホテルノナイトクラブワ、フィンランドデモイチバンオオキイ。ヘルシンキニモ、コンナオオキナナイトクラブワアリマセン」

ナイトクラブは紹介された通り想像を越えて大きかった。客は百人くらいいるのだろうが、まばらにみえる。ビールとウイスキーの水割りを注文する。

ヘイデイが払おうとしたが、樋口は小声で「だめ、だめです」と断り、財布からフィンランドマルカを出す。思ったより安い。日本の居酒屋並である。

「オドリマショウ」

ヘイデイが立ち上がると、シスコも中倉も後に従いホールの中央で足を踏み鳴らし始めた。中倉が手招きをして樋口を呼んでいる。樋口は残っているウイスキーを一口で呑み干すと、ホール中央に立ち、見よう見まねで片足を上げ、腕を上下に振り飛び跳ねる。ヘイデイと向かいあい、体を左右に振りながらリズムに合わせる。彼女が微笑むとうれしい気分になるが、どうしてもいたわりたくなる。そんな樋口の心を見抜いたのか、そっと耳もとで呟く。

「イマワオサムヲ、ワスレマショウ」

　中倉は派手な身ぶりでホールを回り、時たまシスコと向かい音楽に合わせ楽しそうに舞踏している。樋口は酔いにまかせ、踊りまくろうと決めた。腰をかがめ曲げた腕を上下、左右に振りヘイデイの動きに合わせる。たっぷり呑んで、ホールの上を軽く踏みながら動き回る。樋口は中学時代、仲間とリズムにのったツイストの感覚を思い出し、汗が流れ落ちても踊っていた。シスコも言葉は通じないが、楽しんでいるのがよく分かる。

「タノシメマシタカ」

「青春時代に戻ったようです」

「オサムモヨロコビマス、アリガトウ」

「礼をいうのは私たちです、明日も病院に行きます。気をつけてお帰りください」

　ナイトクラブを出ると、ホテル前からタクシーを見送った。タクシーの消えた凍てつく街をしばらく眺めていたが、底冷えのする寒さに震えあがった。

五

三十一日に藤崎は外泊が許可された。正月を自宅で過ごしたいとの本人の希望が通ったのである。一月三日にはまた病院に戻るのだが、たった三日でも藤崎は心から喜んでいた。

藤崎を自宅まで送りホテルに戻った。泊まっていくように勧められたが、樋口も中倉も断った。家族三人今回を最後に、もう一緒に暮らすことができないのに、じゃまをしたくなかった。

タクシーの車窓から、あちこちで打ち上げられる花火の大輪が望める。大晦日に花火を打ち上げるのが習慣らしいが、樋口は不思議に思った。

ホテル前にはナイトクラブで年を越す若者が数百名の列をつくって並んでいる。若者に混じって今夜も踊ろうかと思ったが、長蛇の列に圧倒され、そんな思いは瞬く間に消えてしまった。

一月一日、フィンランドは日本のように大きな行事としては迎えず、質素である。

樋口はホテルのファックスで、自宅や会社の仲間に新年の挨拶を送り、のんびりした朝食を取った。正月だからといって、食事が変わるわけではない。いつもと同じバイキング料理を食べコーヒーを啜った。

昼近く、ヘイデイが迎えに来た。

藤崎の家は大学病院と市役所の中間にある。自宅前は凍りついた湖が広がり、子どもが数人アイススケートを楽しんでいる。樋口も氷上に入り、スノーブーツのまま滑りだす。子どもたちが珍しそうに寄ってくる。

わざと転ぶと手を叩いて喜んでいた。

玄関前の雪は除かれ、正門には左右に大きなろうそくが置かれ、火が点けられていた。柔らかいろうそくの火は心を和ませる。華やかな火は異国から来た客を、心から歓迎するかのようだ。藤崎の家族の気持ちがうれしかった。

フィンランドでは標準的な家だろう。中に入るとリビングルームを中心に四つの部屋に分かれている。藤崎は奥の部屋のベッドに寝ていたが、自宅で療養しているせいか思ったより顔色が良かった。藤崎のベッドの下に大きな犬が両足を前にして横たわっている。樋口がびっくりして犬を見つめると、ヘイデイが説明した。

「ポッピートイイマス。オサムトリョウニイキマス。ワタシモ、シスコモリョウワキライデス」

ベッドの上の棚には三丁の猟銃が掛けてある。樋口は藤崎に尋ねた。

「この銃で何を撃つんだい」

「クオピオから北へ九十キロ先にイーサルミという町がある。その町のずっと外れに俺が造った丸太小屋のサマーハウスがある。そこまで行くとトナカイが現れる。そいつを撃つんだ。樋口や中倉をサマーハウスに招待したかった」

「トナカイを撃つなんて信じられないよ」

「猟は真剣勝負だ。撃った瞬間の興奮、やった者じゃなくては分からない。君たちを連れていきたかった」

藤崎は残念そうに口を閉じた。

パンやスープ、サラダの料理が並べられる。決して豪華ではないがヘイディの心のこもった手料理である。地元のオリビービールで乾杯し御馳走に舌つづみをうった。

ふと窓から庭を眺めると、絵本で見るような薄茶色の兎が雪の上を跳ねていた。樋口は目を丸くして、指差しながら、

「ラビット、ラビット」

と金切り声を上げた。中倉も驚き、庭を跳ねる兎の後姿を見つめている。ヘイディが微笑みながら説明した。

「コノヘンワ、シゼンノラビットガイマス。デモ、ニワサキマデデテクルノワ、メズラシイデス。シンスケトツヨシニ、アイサツシタノデショウ」

自宅にはサウナもある。

「サウナに入り、裸のまま雪の上で寝転がり、またサウナに入るのが通だ」

と、藤崎は言ったがさすがにそれはしなかった。夏、サウナに入り湖に飛び込む。それを何回も繰り返したら楽しいだろうと思いながら、樋口はサウナに入った。

藤崎が静かに話しだした。

「今年か来年の夏、俺がいなくてももう一度フィンランドに来て欲しい。そしてイーサルミのサマーハウスでくつろいで欲しい。ヘイデイやシスコにも伝えてある。サマーハウスで一週間も暮らすと、なぜおれがフィンランドを愛したのかきっと理解できる。約束してくれ」

樋口は少し間をおくと「分かった、必ず来るよ」と返事をした。家族を連れて藤崎のサマーハウスを訪れてみよう。絶対に来るからな、と藤崎に念を押した。中倉も黙って頷いた。

藤崎は「良かった」と呟き、思い出すように低い声で話しだす。

「君達と暮らした数年間が懐かしい。毎日、密度の濃い人生を共有でき充実していた。最後に失敗をしたのは悔やまれるが、君達の励ましで救われた。中倉、樋口あらためて礼を言う。ありがとう」

目礼して藤崎の話に耳を傾ける。

「フィンランドに来て、ヘイデイと愛し合い結婚出来たのはうれしかった。シスコも親馬鹿な言い草だけど、良い娘に育ってくれた」

中倉も藤崎の話を唇を噛みしめながら聞いている。樋口は深い悲しみが胸にあふれ、たまらなかった。

藤崎は笑顔で二人を見つめた。満足そうな顔つきである。三日後、病院に戻った。

一月三日、四日と病院に通い、医師や看護婦ともかなり親しくなった。彼らは樋口と中倉の友情の深さに関心を抱き出していた。樋口がうれしいのは、三時になると看護婦が来て、「コヒー、オアティー」と尋ねられ、頼んだ方を持ってきてくれることである。ホテル並だなと感動してしまう。そんな優しい病院の人たちに囲まれているので、長時間病院にいても苦痛を感じたことはなかった。

実際、樋口はどこにも観光に行く気がしなかった。そんな気持ちが起きなかったのは、中倉も同じである。話題がなくなれば病室で本を読んだ。樋口が藤崎の土踏まずを親指で丁寧に指圧してやると、藤崎は気持ち良さそうな表情になる。

一月五日、今日で藤崎とはお別れだ。ヘイデイもシスコも朝から病院に来ていた。樋口はもう何も話すこともなかった。それでも夕方になり、別れの時間が近づくとたまらなくなってきた。無理して嬉しそうな顔をつくってみたが長続きはしなかった。

突然、息苦しさを感じた。学生時代に過換気症候群を初体験してから、二年に一度くらいの割合で同じような発作に襲われる。それも大酒を飲んだ翌日や、心身とも疲れ切った時に症状が現れていた。樋口は息苦しさをゆっくり飲み込んだ。

別れの場で醜態を出すな、自分に喝を入れる。みんなに気づかれないようにベランダに出た。冷静になるようゆっくりと深呼吸する。何度か深呼吸をして心を落ち着かせる。冷たい空気に包まれると息苦しさが消えていった。大丈夫、元に戻っていく。ほっとして遠くに目を馳せると学生時代、最初の発作が起きたとき藤崎に助けられた思いが脳裏を横切り、涙が滲んできた。あの藤崎と、もう二度と会えないかも知れない。

藤崎に何の言葉もかけられなかった。強く手を握り締めると、彼はささやくような声で「ありがとう」と言った。そして思いをこめたように、しぼるような声で聞いてきた。

「君たちはまだ党員なのか?」

どうしても知りたい、という切ない思いがにじみ出ていた。

樋口は別れに最後の言葉を口にした。

「日本では七〇年代前半の大躍進を越える勢いで、日本共産党が前進している。国政選挙も、地方選挙でも勝利している。日本の政治は今大きく変わってきている。俺も中倉も三十年間、日本共産党員として頑張ってきた。帰国したら藤崎の分も頑張るからな。藤崎は今でも仲間だ」

藤崎はかすかに頷いた。彼の落ちくぼんだ眼から涙が落ちる。

中倉は藤崎の顔を凝視していたが一言激励した。

「おまえは今でも病魔とすごい闘いをしている。見事だぞ。本当に再会できて良かった」

藤崎は両手で顔をおおった。シスコが樋口に抱きつき大声を出して泣きだした。樋口はもう限界だった。涙が溢れてとまらなかった。シスコを強く抱きしめ、背中を撫でてやる。

別れには区切りをつけねばならない。

いつまでも涙に浸っているわけにはいかなかった。中倉が強い声を出す。

「樋口、行くぞ」

その時、ヘイデイが「アリガトウ」と言うと中倉に抱きついた。嗚咽でヘイデイの身体は震えていた。

涙にむせびながら、ヘイデイはしぼるように「シンスケ、アリガトウ」と言って、樋口ともしっかり抱き合った。フィンランドに到着したときのためらいは消え、樋口は強く抱きしめ、別れを告げた。

二人は足早に病室を離れた。ヘイデイが追ってきたが振り返らなかった。樋口は彼女の打ち沈む姿を背中に感じたがふり切った。

歩きながら、中倉は言う。

「学生時代、藤崎を助けに行った時の死を覚悟した気持ちは樋口も俺も一緒だったな」

樋口は背筋を伸ばし低い声で応えた。

「奴らの暴力は怖かったが、あの時は恐怖を感じなかった。人間が本当の正義の決意をすると恐いものはないと実感した。その後いろいろ困難な場面に出会うと、あの時の決意を思い出す。藤崎も死を覚悟し、死を受容したからこそ心が安らかなのだろう。フィンランドに来るのは気が重かったが、来て良かったよ」

中倉は黙って頷いた。

病院の外に出ると、小雨が降っていた。真冬のクオピオに雨が降るとは考えも及ばなかった。正門前で車を待つ。

樋口は独り言のように言った。

「藤崎の涙のような雨だな」

「そう言うと思ったよ」

中倉はそっけなかったが、空を見上げて雨を受けている顔はゆがんでいた。

分厚い手

二年ぶりに着た柔道着はかび臭い匂いをこめて、樋口信介の体をつつみこんだ。樋口は古ぼけた黒帯をきつく締めると相撲取りのように大きく四股を踏み、準備体操をはじめた。久しぶりの柔道だが、普段走ったり、柔軟体操をしたりしているので、体はスムーズに動く。

足首、手首、膝を丹念にのばし畳に寝転び肩ブリッジを交互に繰り返していくと汗が流れてきた。仕上げは受け身だ。後方受け身、左右受け身、回転受け身を何回も続ける。回転受け身を繰り返していると、目がまわりふらふらしてきた。

週一回位のジョギングで鍛えていると思っても、受け身くらいでふらふらするのではしょうがないなと、樋口はにが笑いをした。

受け身を終えたところで、一息つき流れ落ちる汗を拭く。道場内は汗臭い匂いが満ちあふれ、むんむんとした熱気に包まれている。吐き気をもよおすような黴と畳の匂いが、なんともなつかしい。

四十畳の道場ではすでに十人の柔志会の仲間たちが、激しい気合いをかけながら猛稽古を展開している。三人の若者は初めてみる顔だが、古参の実力者や中堅の有段者を、時には投げ飛ばしなかなか強い。がっしりした体格に鋭い目つきは共通のようだ。

二年間、柔志会の練習を休んでいる中で、強い新人が入会しているのは心強かった。

もうすぐ樋口は四十四歳になるが、近ごろは仕事に追われ、時々、日曜出勤もあり柔道をやる余裕がなく、柔志会の仲間に申し訳ないと思っていた。

ジョギングや水泳をしても充足感を味わえず、最近はすこぶる柔道にあこがれていた。今朝の目覚めが良く快適な体調なので思い切って、巣鴨の道場まで出てきたが柔道仲間の暖かい態度に接し、ほっとした。

「樋口さん。少しやせたかな、乱どりする前に打ち込みをしないとね、無理しないでくださいよ」

柔志会の責任者の崎山が笑顔をつくり、肩を叩きながら声をかけてきた。

「ごぶさたしちゃって皆に合わせる顔がないよ。これから頑張って出て来るように努力するのでよろしく」

樋口は控えめにあいさつし軽く頭を下げ、崎山と打ち込みを始めた。がっちりと柔道着をつかみ、崎山の体を引きつけながら自分のからだも崎山に密着させ、左足を一歩踏み込みぴっと伸ばした右足で相手の右足をかる。崎山の「一、二」のかけ声に合わせ十回くり返す。「ハイ!次」樋口は左手で柔道着をつかみ直すと、思い切り引きながら右の肘を崎山の腕の付け根に入れ強引に背負う。五回、六回と続けると崎山の体が背負えなくなり、荒い息が吐き出され、足腰がふらついて来る。「樋口さん、ファイト!」

大外刈りと背負い投げを十回打ち込んだだけで、樋口は、息があがってしまい「もう駄目だ、ありがとう」と頭を下げ畳に座り込んでしまった。

「樋口さん一息ついたら乱取りをやりましょう。今の打ち込みなら三人ぐらい大丈夫でしょう」

崎山は無理するなと言いながら、樋口を道場の真ん中に立たせ「寺本君、樋口さんとやりなさい」と隅にいた青年に呼びかけた。新顔の一人らしく樋口は面識がなかった。「久しぶりなので、おてやわらかに」頭をさげ寺本に対峙した。寺本は「お願いします」と礼をするや、樋口にがっぷり組んでくる。右利きなので樋口にはやりやすいが、動きがはやいのでかき乱されないように、相手の体を強く引きつけた。寺本のほうが一回り体は大きいが腕力では樋口のほうが勝っている。だが、あまり力をいれず軽く柔道着をつかみ相手の出方をうかがう。

右手に力をこめ柔道着の奥襟を押さえつけると、寺本は嫌がり前向きになって上半身を起こそうとした。その瞬間、樋口の右足が相手の右かかとアキレス腱を、鎌で草刈るようにきれいに刈った。寺本はあっという間に背中から倒れ、きびしい目つきにかわった。

「樋口さん、さすがだね」「いよ十八番、小内刈りは健在だ」いつのまにか稽古を休みだしたメンバーが声援を送ってきた。「寺本君、逃げてちゃだめだ、投げられてもいいから技をかけていけ！」崎山の叱咤が飛ぶ。

樋口は体がおぼえてきたのか、寺本が掛けて来る内股や体落としを柔道着の袖をきりながらかわし、逆に得意の背負い投げや袖釣り込腰で叩きつけた。リズムにのり体がすっかり柔道になじんできた。摺足が畳を這い、重心がバランス良く膝に乗り全盛時代の姿勢を無意識につくり上げていた。

「はい、時間です。次、内園さんあたってください」四月初めのやわらかい陽射が、道場の窓からさしこむ。さしこむ陽射に畳のほこりがむんむんと漂う中、崎山の凛とした声が響き渡る。

内園がにやりと笑いながら立ち上がり「樋口さん、久しぶりの割りには強いな、寺本も二段でなかなか強い奴だけど、おもちゃにしていたじゃないか」

「おいおい、二年ぶりだよ、内園さんは駄目だよ」

樋口は汗ばんだ右手を左右に振りながら、一瞬休む格好をとったが、言葉と格好とは裏腹に内園の前に立ち、勢いよく両手を広げた。

内園はかつてオリンピック候補選手で、軽量級ながら日本柔道界でも著名な時期があり柔志会でも、もちろん一番強い柔道家である。

互いに左自然体に組み、相手の出方を窺う……とみるや内園の体が、樋口のふところに背をむけ入り込む。必死に逃げようとした時には、荷物のように背負られ頭ごしに豪快に前方へ投げつけられていた。「イテテテ少しは手加減しろよ」呻き声をあげて中腰になっている樋口の右手首を両手で握ると、強引に引っ張り両膝で絞めつけた。腕挫き十字固めの関節技が瞬時に決まった。左手で強く畳を叩き「まいった」と大声をあげる。

「くそ」樋口の得意技、小内刈りが飛ぶが軽くいなされる。逆に二、三歩押してきたので、反発して押しもどしたとき、内園が後ろに倒れながら、樋口の腹部に片足をあてがい真上に突き上げた。樋口の体は宙高く投げ飛ばされ、一回転して畳の中央に、背中から落とされていた。受け身をとった瞬間、内臓が揺れ動いたようだ。立ち上がっても頭の芯がぼんやりし、フラフラしている。「はい、それまで、今度は俺がやります」崎山が中央に立ち、ぐっしょり汗ばむ柔道着の乱れをなおし、黒帯をきつく締めている樋口に柔和な目つきで立つように催促した。

「冗談じゃ無いよ、崎山君無理するなって言ったじゃないか。これじゃ体がたまらないよ」

顔、体から流れ落ちる汗をゆっくりタオルで拭きながら愚痴をこぼしつつ崎山と対戦したが、面白いように、何回も何回も投げ飛ばされる。終了の声が聞こえた時、礼もそこそこに上半身裸になり、道場横にある水道に顔を突っ込んだ。水がうまい。蛇口を口にふくみ三合くらい飲みほした。汗があとからあとから滴り落ちる。

裸のまま、外に置いてある畳の上に大の字になって寝転び、深く荒い息を繰り返しているうちに、全身から出ていた湯気もおさまり、汗が引いていった。

ほんのり冷たい四月の風が樋口の体を流れ、とてもさわやかである。

道場玄関の先にある小さな花壇に十数本、菜の花が咲いており花壇の後方には桜の花が満開で白っぽい花びらが、時折そよいでくる風の中をしきりに散り、樋口の頬にも飛んできた。

道場内では寝技の練習がはじまり、気合いのこもった稽古が続いている。樋口は寝そべりながら、眺めていたが、疲れ切った彼を思いやるのか誰も声をかけず、黙々と激しい練習をこなしていた。古参の実力者は水を大量に飲んだのか、寝技で体が回転するたびに、胃にたまった水がぼこぼこ、ちいさな音をたてていた。

新顔の一人が内園の送り襟絞めで絞められ、必死に逃げようともがいていたが、どうにもならず絞るような、かぼそい声で「まいった」と言った瞬間に落ちて、仮死状態になってしまう。すぐ内園が活をいれると、意識が動きだして「俺、落ちちゃったんだ」とつぶやきながらこわごわとみんなの顔を見渡していた。「さぁ、そろそろ時間です。樋口さんも中に入ってください。整理体操して終わりにしましょう」

崎山に合わせ整理体操をしていると、興奮している心身がやわらぎ疲労も取り除かれていく。最後に深呼吸をした時、すっかり心が落ち着き、出てきて良かったなと思った。

巣鴨道場の良いところは風呂があることだ。稽古上がりの風呂はこたえられない。五人入れる大きな湯ぶねだが、八十キロ、九十キロの猛者たちが三人もつかると湯が溢れ出す。それぞれがひきしまった体で筋肉隆々としているが、四十代のメンバーは筋肉の衰えがにじみ出てきた者もいる。五十代の古参柔道家たちは腹がたっぷりたるんでおり、逞しい体の割には年相応の衰えがあるのが目立っている。

それにしても、この年齢になっても猛稽古を続ける仲間たちに樋口は敬服せざるをえない。「柔志会だから頑張れるのだろうな」二年間におよぶ練習欠席を慚愧の気持ちを含みながら呟いた。

「樋口さん、久しぶりの練習はどうでした？　相変わらず腕力は強いですね」

頭にタオルをのせた崎山が、湯につかりながら話しかけてきた。

「いやぁ疲れたけれど気持ちがいいよ、体の芯からエネルギーが湧きあがるようだよ。だけどみんな元気がいいなぁ。柔志会はたいしたものだよな」

「そうですね、年配者が元気いいからね。練習も怪我しないように工夫していかないとね。樋口さん、これから稽古に来てくださいよ。このところ新人もふえているし、五月の連休には合宿も計画しているんですよ」

「なんせ、仕事におわれ、いつも日曜日はぐったりでね。でも柔道やったほうが体調にいいし、これから頑張って来るようにするよ」

肩まで熱い湯につかりながら話し合った。

「話はちがうけど、幸次郎君亡くなってどれだけたつのかな？」

「もう三年になります」崎山はすこししょんぼりした声で言った。

「そうか、もう三年もたつのか」

一抹の、かなしみが樋口の胸の中を横切り、崎山兄弟との最初の出会いが記憶に蘇った。

樋口は結婚してから規則正しい生活になり、朝食もきちんと取り、みるまに体重が増えていった。増える体重を気にしながら、運動をしたい欲求が強まり近くの公園を走ったりしたが、面白くなく長続きはしなかった。

中学、高校時代に柔道をやっており二段の腕前を持っていたので、よしそれなら柔道を再開しようと意欲的に町道場や公立体育館の柔道場を探したが、なかなか見つからなかった。そんなおり、新聞の催し物欄を眺めていたら〝会員が主人公　誰でも気軽に柔道を初心者・女性・有段者大歓迎〟の広告が掲載されていた。広告文の〝会員が主人公　誰でも気軽に柔道を〟のスローガンがえらく樋口の心を引きつけ、急いで連絡先に電話をかけた。およそ十六年前のことである。

指定された道場は神田駅を降りて、大手町方向へ歩いて五、六分の公立体育館にあった。日曜日の午後の神田界隈は人も車もまばらで閑散としていた。

体育館の二階に道場があった。樋口はわくわくしながらも緊張して道場に足を踏み入れた。すでに二人の大男が柔道着をつけ体操をしていた。

「あのぉ、先日電話しました樋口ですが、柔道愛好同志会の方でしょうか」

目礼をしながら、おそるおそる挨拶をした。

「ご苦労様です。私、柔道愛好同志会の崎山茂です。こっちは弟の幸次郎です」

二人は笑顔で自己紹介をし、かわるがわる右手を差し出し握手を求めてきた。

柔軟体操や腕立伏せで汗をかいたあと弟の幸次郎と軽く練習をしたが、初心者とやるような、やさしい稽古に徹してくれた。それにしても幸次郎は重く強い。

「大きいですね、何キロあるんですか」

「一二六キロです。身長は一七六センチです。兄貴はあれで九十キロぐらいかな」

「へぇお相撲さんみたいですね」

兄の茂は二十四歳、幸次郎は二十二歳というから二十七歳の樋口よりいかにも若々しく、まぶしいくらいにたくましい。茂は丸い顔が常に微笑んでおり、人の良さが滲み出ている。幸次郎はでかい体格の割りには黒い顔が小さく、きびしい目つきは精悍そのものだった。二人とも大学の柔道部で鍛え上げてきており、実力のほどが僅かな練習の中でも、かいま見ることが出来た。

柔道愛好同志会、略して柔志会は兄弟二人でつくったばかりで、まだ会員も樋口を入れて四人しかいないが、この間の新聞広告で多数の問い合わせが来ており、近い将来は大勢の会員を迎えるだろうと、瞳を輝かしながら語ってくれた。

何より、樋口の心をゆり動かしたのは、彼らの柔志会発足の抱負と位置づけである。

現在の柔道界は学生柔道と実業団柔道、警察柔道中心で、身近な町道場はつぶれて駐車場などになっている状況であり、柔志会のようなクラブ柔道はどこにも存在しない。

練習方法も非科学的で根性論が横行し、有望な新人がしごきにあいやめていく例も数多い。

柔志会は誰もが楽しく、心身とも成長できるような柔道をめざしたい。そのためにも練習もいろいろ工夫し、初心者でも「これならやれる」と確信を持つように、受け身から教えるのでなく、投げ技から指導し、投げる喜びを実感させたい。

二人が交互に語る言葉はひとつひとつ、樋口の胸に落ちていった。

その時、柔志会が新日本体育連盟に加盟していることも知った。

それからの柔志会は毎週、日曜日の練習をかかさず続け、その中で多くの新人が加入してきた。崎山兄弟の指導はていねいでやさしく、誰でも納得する練習なので、初めて柔道をやる人たちはいっぺんに柔道に魅了されていった。

新人の中には、区役所に勤務する山川春美や柔道とは縁のないようなスマートな女子高生の半田路子もおり、荒々しい柔志会の中に華やかさも加わり、一段と稽古が活気づいてきた。

柔志会発足一年後に総会をやり、会長に崎山茂、事務局長に樋口、コーチに崎山幸次郎、レクリエーション担当は山川春美をそれぞれきめ、毎月ニュースも発行することを決めた。

ニュースの題字は「くろおび」と決まり、柔志会と会員をつなぐ貴重な橋渡しとなる。総会後も内園や坂基といった四段、五段クラスの実力者を迎え入れた。彼らも崎山兄弟の柔道にかける情熱とその人柄にひかれて入ってきたのであった。

そんなある日、茂が樋口に相談があるという。

「柔志会も順調に伸びてきたし、今年の秋には柔志会主催で、東京のいろんな柔道部に声をかけ東京柔道大会を開き、それを成功させたら関東大会も開きたいと思っています。運営、審判もそれぞれ自前でやり、参加チームも出したいと考えているんですけどね」

「すごい計画だね、だけどどうやって参加チームをあつめるんだい」

「それは簡単ですよ、案内状をつくり中学、高校、大学、実業団の柔道部、それに町道場に送ります。多くの愛好家が既存の大会では出にくいし、白帯の部とか初段の部にわけて、気楽に参加できるよう工夫し、楽しくやりたいですね」

「へぇ、俺はいいけど、みんなのるかな?」

「幸次郎はやる気充分です。樋口さんが腹を固めてくれれば成功しますよ。それでね、関東大会も成功したら上位三チームを新日本体育連盟主催の全国スポーツ祭典に出場させたいと計画しているのです」

「かりに関東まで成功させても、全国の参加チームはどう組織するのだい?」

「全国には新日本体育連盟に加盟している柔道の指導員があちこちにおりましてね。それぞれ地区大会を開いているから心配ないですよ。今までも予選こそ開催していないけれど、新日本体育連盟主催の全国柔道大会は何回もやられているんですよ」

柔志会の一部には大会開催に消極的意見もあった。

「柔志会の練習も楽しいし、実力もついてきた。部員もふえてきたし、せっかく良い状況なのに何もそんな苦労することしないでもいいのではないか」

こうした意見に幸次郎は反論した。

「それは甘い考えですよ。自分さえ良ければいいみたいですよ。俺たちの柔道は自分の心の鍛練と同時に会員が主人公の柔道をめざしているのです。柔志会を宣伝し柔志会の考え方を多くの柔道家に知ってもらうにも、大会はいいチャンスです」

「大会を開くのは大変ですが、練習と同じで苦労を積み重ねることにより、鍛えられていきます。みんなで力を合わせれば成功させることが出来ます。頑張りましょう」

茂がしめくくった。

審判団には崎山兄弟、内園、坂基といった強豪たちが担当し、記録、時間係りなど女性も含め柔志会総がかりであった。

団体戦は樋口、徳留、根本といった中堅で五人のチームを組んだ。

東京大会には二百人を超す高校生や大学生。そして町道場の柔道愛好家が集まり、個人戦、団体戦の順番で熱戦がくりひろげられた。個人戦に出場した柔志会の選手は、それぞれ上位入賞をはたし、練習の努力が実っていた。

団体戦は高校生、大学生チームが多い中で柔志会は順当に勝ち進んでいった。それぞれが、持ち味を発揮し予想以上のできだった。

樋口は最初の試合こそ緊張したものの、背負い投げで技有りをとり優勢勝ちをおさめ、あとは気軽に試合に臨めた。

準決勝まで進出し、対戦相手は大学の同好会チームと決まった。先鋒、根本は押しまくりながら決め技がなく、引き分け。続いて樋口が登場したが、百キロをこす相手と対戦し、組み手の段階から持ち負けし圧倒されてしまう。腕をつっぱり、逃げ腰で、試合に勝とうという姿勢ではなかった。あんのじょう、対戦相手はおよび腰の樋口を見極め、強引に引きつけ、払い巻き込みで樋口の体を畳に叩きつけた。一本負けである。三番目の徳留は豪快に大外刈りを決めて一本勝ち、三試合とも、すべて一本勝ちという見事な強さを発揮した。しかし副将、大将とも接戦のすえ敗退してしまった。くやしかったが三位にとどまった。

試合後、幸次郎の批評はきびしかった。

「今日のメンバーなら優勝できたんですよ。みんな久しぶりの試合だからといって、負けた理由にならないですよ。徳留さんがいい例ですよ、一番けいこしてない彼が、全部一本勝ちですよ。試合にかける気力、闘志がちがうのですよ。おそまつだったのが樋口さんですね。相手が大きいからといって、最初から逃げ腰じゃ勝負にならないですよ……俺たちの柔道は初心者に親切で優しいけれど、練習はきびしく続けているでしょう。このきびしい練習の延長線上に試合があるのです。気力は体力に勝てるのですよ。まあ、初めての試合で三位ですからよくやりましたよ。何はともあれ、どうもお疲れさまでした。」

樋口は幸次郎の話が的をえていたので、すこし狼狽し深く反省した。

このような経験をふまえて、関東大会、全国大会も成功させることができた。部員もふえてきた。初めて柔道着をつけた四十キロそこその女性が、百キロをこす幸次郎を投げ飛ばすのである。幸次郎も茂も投げられかたが実にうまかった。半田路子が幸次郎を投げとばす瞬間は、ともに絵にかいたようである。実に見事な受け身であった。投げる喜びを体で知ると、新入会員は確実に定着し、新入会員があらたに、友人を誘ってくる。

崎山兄弟、樋口たちは初心者を大切に指導し援助した。彼らの小さな要求にも積極的にこたえ、ハイキングや海水浴も年二、三回開き会員相互の親睦を深めていった。

一定のレベルまでくると練習はきびしかった。科学的なトレーニングを重視し、十分なスタミナと力をつける基礎トレーニングをくりかえし練習していった。

投げ技、固め技、連続技も工夫しきびしい練習だったが、落伍者もなく毎週日曜日の稽古をこなしていった。きびしい稽古もいつしか心の励みに変化していった。

樋口にとって柔道そして柔志会は生活の一部になっており、それもかなり中心をしめるものになっていた。職場でのストレスも柔道、いや柔志会によって解消していた。

こうした努力が積み重なり、樋口たちはそれぞれ三段、四段、五段と昇段していき、それ相当の実力をつけるにいたった。

既存の大会にも参加した。

東京実業団選手権大会、東日本実業団選手権大会などにも、柔志会のネームがついたそろいの柔道着で身をかため出場した。

そもそも、実業団の大会は大企業の柔道部中心だからクラブ柔道の柔志会の参加はがぜん注目をあびた。個人戦には幸次郎と内園が出場、団体戦には樋口、徳留、茂が出場し、個人戦参加の二人は上位入賞を果たしたが、団体戦は一回戦で敗退した。対戦相手は日本でもトップクラスのチームとはいえ自分たちの非力を痛感した。

なんだ！　柔志会っていうのは？

多くの大会に柔志会が参加するたびに、柔志会の名前は当然のことながら柔道界にひろがっていった。

そうしたとき、茂は大学の柔道部の先輩から忠告された。先輩は柔道界でもなかなかの実力者であった。

「崎山、おまえ柔志会の責任者をやっているんだってな。柔志会は新日本体育連盟に所属しているんだろう。新体連はアカだろう。おまえ、かんがえてやれよ」

「先輩、新体連にたいして誤解していますよ。新体連はだれでもがスポーツをやれるように、運動施設をいっぱいつくれとか、スポーツ予算を増やせと国や自治体に要求し、いっしょうけんめいに頑張っているのですよ。世界各国にくらべても、日本の運動施設は貧弱でしょう。いまのスポーツ行政はおそまつの限りです。だいたい、今のままでは日本柔道だってすたれちゃいますよ。俺たちは弱い人や女性も歓迎して柔道をおしえています。みんな、ぐんぐん伸びています。底辺をひろげなければ全体がアップしないのは常識じゃないですか……それに共産党の件ですが、今時おまえはアカかなんて言われるとわらっちゃいますよ。東京の美濃部革新都政をささえているのは共産党ですよ、東京だけでなく大阪や京都、埼玉など日本の人口の半分近く住んでいる自治体も革新首長で日本共産党はその与党ですよ。スポーツのことでも日本の政党で一番スポーツを理解し、立派なスポーツ政策を発表しているのは日本共産党ですよ」

茂の毅然とした意見に先輩はなんの反論もできなかった。

幸次郎にも同じようなことがあった。

柔志会は新体連、新体連は共産党、非難の手口は単純で、無知と偏見からくるもので話にならなかったが、幸次郎は逆に説得にかかった。柔道をおおいに発展させるには、しごきや根性論で勝負してもだめだ。多くの人たちは、だれもが運動をしたいとのぞんでいる。このひとたちを組織し手をつないでいけば大きな力になり、有能なスポーツマンがでてくる。そのために新体連は奮闘していること。

柔志会には自民党から共産党までいろんな政党支持者がいるが、柔志会としてどの政党を支持するときめたことはない。会員の思想、信条の自由を保障している。既存の柔道団体こそ選挙になれば自民党候補支持を決め、おしつけてくるが、それこそ問題ではないか。柔道をやる者はすべて自民党支持というのは民主主義のイロハもしらない愚かなことではないか。

心根のこもった幸次郎の話は、非難してきた男たちに二度と同じことを言わせない迫力があった。

二人は率直にこの出来事を柔志会の中に報告した。報告を聞き根本や徳留は柔志会を非難してきた男たちを激しく怒ったが、一部の会員からは「新体連に入っているから、非難されるのではないか」との意見もだされた。

「柔道界の封建的体質が柔道の発展に悪い影響を与えている。そこを我々は変えようとしているのだから、崎山君たちのように反論するのが当然で、非難してきた人たちにこびることはないよ」と樋口は発言し、ついでに前から疑問に思っていたことを切りだした。

「稽古はじめる前に、全員整列して正座してさ、〝神殿に礼〟ってやるだろう。あれ、おかしいと思わないかな？　神棚は何をまつっているのか知らないけれど、神棚に礼をするのは無神論の俺としては不愉快だな。それこそクリスチャンの人が入ってきてさ〝神殿に礼〟なんてやったらやめちゃうよ」

「なるほどね。言われてみればその通りですね。しきたりだといってもおかしいですよ。じゃあどうしましょうか？……ただね、稽古前に正座して互いに礼をするのは気持ちもひきしめていいことですよね」

「俺、考えたけど正面に礼、おたがいに礼でいいのではないかな。神殿をやめて正面にしよう」

こうした話し合いを通して、柔志会では「神殿に礼」という以前からのならわしを改めた。

「樋口さん、どうしたの。寝ちゃったの」

茂が心配そうに樋口の背を揺すった。

「いやぁ、幸次郎君や柔志会創立のころを思い出していたよ。あのころは楽しかったな、お互いに若かったしね」

樋口は両手で顔を洗い、湯ぶねからゆっくりと立ち上がり、湯疲れしたからだでおけの上に腰をおろした。茂も風呂からでると、樋口の横に座った。湯気でくもった鏡にうつる茂を見ながら話しだした。

「俺、柔志会に顔をださなくなったのは仕事が忙しくなったのもあるけれど、幸次郎君がいないってのがガックリきたんだよな。本当は幸次郎君がいないからこそ頑張らなくちゃいけないのに……茂君にばかりまかせてしまい本当にすまないと思うよ」

「それはいいですよ、でも月に一回ぐらいは顔を出してくださいよ。幸次郎がいなくても、みんな頑張っていますよ。新人もふえているし、あとは若い人たちが全体の運営もふくめて、指導できる力をつけていくよう我々が頑張らなくてはね」

茂の力強い声が響くと、内園が合いづちを打つように「樋口さん、まだ生きていたんだ。何年もこないから死んじゃったかと思ったよ。たまには顔を出しなさいよ。さっきの柔道でも、まだまだ強いよ。四十を越えてこそ力をつけなくちゃ」

皮肉をこめながらも激励した。

「さあ今日は樋口さんも来たし、久しぶりに一杯やろうじゃないか」

湯ぶねの中から古参の仲間が、左手を口元に持っていき、さかずきを傾けるしぐさをしてみせた。

日曜日の夕方なのに、巣鴨駅周辺は人々で混雑していた。お年寄りが多いのは、近くにあるとげ抜き地蔵の参拝帰りだろうか。

なじみの赤ちょうちんは家族づれや若者たちでにぎわっていたが、奥座敷に通された。客たちは耳のつぶれた大男や、丸太のような腕を持った胸の厚い男たちが、十人も入ってきたので一瞬驚いたようだ。

稽古でたっぷり汗をしぼり、長風呂で汗を流したので冷たい生ビールを一息で飲みほしてしまう。喉もとを流れるビールのうまさは格別である。このうまさを求めて稽古に通う仲間も何人かいるというが、よくわかる。

樋口もうまい酒をじっくり味わった。気持ちのよい体のつかれと、久しぶりの仲間たちとの交流は心意気が通い合い、なんともいえない雰囲気にひたっている。

樋口は茂のコップにビールを注ぎながら

「十日ほど前、山川春美や半田路子と有楽町で会ったよ。いつのまにか山川は子どもが三人、半田は二人の子どもがいるのさ。でも、昔のままだね、働いていることもあるのだろうけど二人とも若いよ……茂君に会いたがっていたぜ、柔志会にも顔を出したいと話してたな」

「そうですか、二人とも元気でやっていますか。俺もあの人たちとは、幸次郎の葬式以来ごぶさただから三年以上会っていませんよ」

茂は一息でビールを飲みほすと、樋口のコップにつぎながら、内園たちにも「今日はおおいに飲みましょう」と笑顔をむけ、それぞれにビールをついでまわった。

「相変わらず気配りがえらいな。それでさ、その時も久しぶりだから三人で酒飲んだけど、柔志会の話ばっかりさ、すこし酔ってきたらさ二人ともいみじくも言ったね『私たちにとって柔志会は生きがいでした。青春そのものでした』だってさ。うれしいよな。子どもたちに柔志会のこと、幸次郎君、茂君のことを『お母さんがまだ結婚していない頃、幸次郎というおすもうさんのような柔道の先生がいたの。お母さんもその先生に柔道教えてもらったのよ。とても強いけど、ものすごく優しいのよ、大きくなったら幸次郎先生のように強く優しい人になろうね』と寝かせながら話すらしいよ」

「感激だな、幸次郎が聞いたら涙流して喜びますよ。俺たちもおじんになったけれど、柔志会は青春そのものなんて聞くと、若がえりますよね……柔志会は生きがいだったか。山川も半田もきゃしゃな体で一生懸命頑張ったものね、あの人たちの汗と涙の努力が生きがいに通じるのですね。まいっちゃうな、うれしいよ。子育てで柔道を離れていった連中が、そういう気持ちを持っていてくれるだけでも苦労したかいがありますよ」

酔いのせいか、話のせいか茂はまぶたをとじ、そっとめじりをふいた。そんな茂を見ていると、ちょっと切ない感じになったが話をつづけた。

「山川がね、突然にさ『樋口さんの横に幸次郎さんがいるみたい』って言い出してさ。その時は俺も一瞬びっくりしてさ、半田や山川の哀しそうな顔つらかったな、三人で約束したよ。近いうちに、みんなで墓参りに行き幸次郎君のこと語りつくそうってな」

「墓参りは俺が案内します。いまさら悔んでもどうしようもないけれど、もっともっと幸次郎には長生きして欲しかったです」

茂のまあるい大きな顔がゆがみ、手元のコップをじっと見つめていた。

一九八四年、待望の柔志会館完成。

崎山兄弟は柔志会創立の時から、自分たちの道場を持つことが夢であった。児童館で働く茂は給料の大半を貯金し、幸次郎は大学を卒業と同時に、昼働きながら夜間の柔道整復師の専門学校に通い、道場建設のための準備を進めていった。

親の援助もあり、長年の夢がとうとう実現した。F市に建てた道場は五十畳あり、トレーニング室もある鉄筋コンクリート二階建の柔志会館の完成である。

館長、崎山幸次郎。彼は柔道を教えながら接骨院も経営し新たな人生を出発した。柔志会で知り合い、大恋愛の末、結婚した佐代子とともに少年部、青年部の指導にあたり門下生は着実にふえていった。

会館創立祝賀会は樋口の司会で進められていった。F市市長、F市健康増進センター所長らの挨拶、日本柔道界の実力者たちの挨拶に続き、新体連代表の挨拶もあり、バラエティーにとんだ祝賀会であった。

この日の主人公、崎山兄弟、そして両親、茂の連れ合い曜子、曜子も柔志会のなかで茂と恋愛し結婚した。そして佐代子たちの喜びは、柔志会全員の喜びでもあった。

祝賀会終了後、集まった柔志会の面めんは、柔志会館の道場にすえつけられたそれぞれの名札を見つめ、熱い思いを充分に味わっていた。新品の柔道畳のほのかな匂いが流れるなか、黒い背広をきりっと着こなし、ちょびひげをはやした幸次郎は、軽く頭を下げると低い声で話だした。

「柔志会館が出来たのも皆さんのおかげです。柔志会があったからこそここまで進めました。俺にとってはこれからが柔道も生活も第一歩になりますが、真剣に頑張っていきます。これからも皆さんのご指導よろしくお願いします」

挨拶が終えると待ちかねたように、幸次郎の大きな体が、樋口や根本、徳留ら多数によって何回も続けてほうりあげられた。満面喜びをたたえた幸次郎の顔から、いつのまにか大粒の涙がこぼれ落ちていた。

幸次郎は二人の子どもに恵まれ、家庭も接骨院経営も順調であった。若い門下生は幸次郎を兄のように慕い、幸次郎も若い柔道愛好家をきびしく、時にはやさしく育てていった。幸次郎に心身ともきたえられた若者たちが確実にふえていった。幸次郎は仕事に柔道に満身うちこんでいた。

柔志会館創立から四年近くたった、底冷えのする夜のことである。

稽古をおえた幸次郎と樋口は近くの喫茶店に入った。最近、幸次郎は元気がないし、多忙な二人は話をする機会がすくなかった。薄暗い店内は暖房が十分にきいており、外の寒さがうそのようである。あついコーヒーを一口飲みやさしく声をかけた。

「近ごろ元気ないじゃないか、顔色もあまりよくないし、悩みでもあるのかい」

「樋口さん、まだみんなに話してないけれど、俺入院することに決まった。前から足がむくんだり微熱が続いたりでね、都立病院で検査をしたけれど入院だってさ。それもちょっとやそっとの検査じゃ俺の病名がわからないらしいよ……まいりましたよ」

樋口の顔を見つめ、しぼりだすようにしゃべりだした。

「柔志会館も軌道にのったとこだし、接骨の患者のこともあるしね。力は前ほど出ないけど、軽くなら柔道だってやれるのに入院とはくやしいですよ。一、二週間ならがまんできますが二、三カ月の入院になるらしいですよ」

下くちびるを強くかみしめた顔は、悲しさに満ちていた。突然の話で樋口は驚いたが励ました。

「知らなかったよ、でもまだ若いし、これからの人生だよ。今のうちに悪いところは直しちゃおうよ。日本の医療は世界でもトップクラスだよ。幸次郎君の体力と気力なら病魔なんかふき飛ばすよ」

励ましにうなづく幸次郎は小さく見えた。

二人が喫茶店を出ると、夜空には満月が輝き星たちの光を消していた。

幸次郎は入院し検査の結果、ウエーバー・クリスチャン病ではないかと診断された。原因不明の増殖性皮下脂肪炎で医師の説明によると世界でもあまり症例がないという。発熱が続き全身に症状がともない、原因不明であるが膠原病の一種とみなすものがあるという。

樋口が山川や半田と一緒に幸次郎の入院する都立病院をおとずれたのは、入院二カ月後であった。放射線療法か抗癌剤のせいだろうか、幸次郎の頭髪は薄く縮れていた。体もひとまわり小さくなったように見える。樋口たちの見舞いを喜びながらも、原因不明の病気にいらだつのか、悔しさがにじんでいた。

柔志会会員の激励や見舞いもむなしく、闘病一年後の一九八九年二月　崎山幸次郎死亡。まだ三十四歳の若さであった。柔志会館長、講道館柔道六段の幸次郎の死はあまりにもはやすぎ、無残であった。

告別の日は朝から雪が降り続き、幸次郎の無念をあらわしているようだった。

「どうしたの、二人ともずっと黙っちゃって。みんな心配しちゃうじゃないか」

内園が茂と樋口のコップに酒を注ぎながら微笑んでいる。樋口はつがれたコップ酒にわずかに口をつけ、手の甲で濡れたくちびるをぬぐい、内園につぎ返しながら茂を凝視した。

「ごめん、ごめん久しぶりの柔道と酒で深く酔っちまったよ。さぁ内園さん一杯いこうよ……茂君もどうぞ」

「すいません、いただきます。樋口さん、幸次郎が少年部で教えていた子どもたち、当時、小学生や中学生だったけれど今では高校生や大学生ですが、その子たちが柔道クラブをつくり柔志会支部をつくっていますよ。俺もたまには参加して一緒に練習します」

「すごいじゃないか。本体の柔志会だって何年かぶりに来れば、若い新人はいるし昔からの仲間は頑張っているし、柔志会を離れていった山川や半田にしてもそうだけど、幸次郎君のこころざしはみんなのこころの中にひきつがれているよな」

「そうですね、俺はこれからも精一杯がんばります。樋口さん、力をかしてくださいよ。一月に一回だけでも稽古に来てください。みんなで柔志会を盛り上げていきましょう」

先ほどまでの茂の哀しい顔つきが、いつのまにか生き生きとした普段の茂の顔に戻っていた。その時突然低い声が響いてきた。

「自分だけが強くなるのでなく、全体の力を高めよう。子どもも女性も初心者も会員が主人公の柔志会を構築していこう。そして誰でもがいつでもスポーツをやれる環境づくりに力をだしていこう。そのためにも、柔道を通して自身の心を鍛練していこう」

にぎにぎしい店内に幸次郎の激励の声が聞こえるように感じ、樋口は背筋を伸ばした。もとより、それは樋口の錯覚であるが仲間たちとの席は、幸次郎の低く重い声が届いてもおかしくない雰囲気をかもしだしていた。

「幸次郎君、俺すこしさぼっていたけれど、これからがんばるからな」

樋口は誰に語るわけでもなく一人つぶやいた。
つぶやきが聞こえたのか、茂が大きなグローブのような右手をそっとさしだしてきた。
その分厚い手を樋口は力強く握りしめた。

通訳

羽田空港からカナダのトロント経由で、ハバナのホセ・マルティ国際空港に到着するまで二十時間近くかかった。さすがに疲れた。

疲れているが、キューバの友人の見舞いが間もなく叶うと思うと、心底がかすかに騒ぎはじめた。

日本を発つ前、キューバへ行くことを上司の新医協（新日本医師協会）事務局長、沖川医師へ報告すると、彼は頷きながら、

「私もキューバに行ったことがあります。素敵な国ですよ。せっかく行くのですから、キューバの病院などを見学して、医療制度を学んできて下さい。それをまとめて新医協機関紙に載せて下さい。しかし樋口さんが外国人の病気見舞いとは驚きましたね。それも女性とは」

情のこもった低い声で激励してくれた。

到着後、入国審査を受けるが時間が掛かる。何か質問されたらと、緊張する。英語で話しかけられてもさっぱり分からないだろう。

さいわいにも、何も質問されずに入国審査が済んだ。樋口信介はホッとして体の芯から緊張が解けた。手荷物検査も終えて税関を出て自動ドアの出口を通り抜けると、到着ロビーには大勢の出迎えの人たちが待っていた。樋口はロビー内を見渡した。するとカタカナでヒグチシンスケと書いた、看板を持った大きな男が出迎えてくれた。旅行会社に頼んだ通訳だ。彼は流暢な日本語と太い声で、

「樋口さんですね。私はホルセ・ルイスです」

自己紹介すると、ねぎらうように大きな右手で握手を求めてきた。分厚い手を握りながら、

「樋口です。どうぞよろしく。それにしても日本語が上手ですね」

素直に褒めた。

「モスクワ大学で日本語を学びました。日本にも二年間住んでいました。キューバは教育費が無料ですから、大学で学んでも国が学費を出してくれるのです」

笑顔で答えてくれた。五十前後であろうか、ごつい体格にしては愛嬌のある顔である。この通訳の男と五日間共にするのだが一安心だ。日本を出る時から続いていた不安は消え

ていた。

空港の外に立つと、生暖かい風が頬を流れる。二月というのに汗ばむようだ。トロント空港の吹雪が嘘のようである。

やっと到着したのだ。樋口の口元がかすかに綻んだ。長旅の疲れを取るように両手を組み合わせると、腕を頭上に挙げて背筋を大きく伸ばした。異国へ着いたけだるさと喜びが混じりあい、哀愁に満ちた気分に包まれた。

足を運ぶと不思議な華やいだ活気が身うちから湧いてきた。午後十時を過ぎた国際空港の外は闇に包まれていた。夜空を見上げると月あかりで星の瞬きは消えていた。

ルイスの車に乗りホテル「ミラマラ」にチェックインする。ルイスはホテルの手続きが終わると「朝九時に迎えに来ます」と言い愛車で帰宅した。ホテルは木々と芝生に囲まれており、木の香りで満ちていた。深呼吸をして南国の大気を吸った。

部屋は広くてベッドも清潔そうである。シャワーを浴びると旅の疲れが取れ、全身の力が抜けていく。日本の旅行会社の話では灯りが点らない、シャワーも湯が出ない場合もある、と聞いていたが、このホテルはそうした心配はいらないようだ。バスタオルを腰に巻いたままベッドに仰向けに寝転ぶ。

疲れた目頭に親指と人差し指を当てて、柔らかく揉んだ。まぶたを閉じてくつろぐと、ひと月前に開かれた中学の同窓会でのクラスメートとのやり取りを思い出す。

久しぶりの再会に痛飲し酔いが深く、意識はかすかに混濁していた。そんな時に、酔いを醒ますような融通のきかない問いを浴びせられた。

「樋口さん、さっき話していた、キューバに行くって本当のこと。キューバって独裁国家でしょう。危なくない」

「キューバは麻薬国家だろう。なんでそんな国に行くの」

面食らうような強いことばで質問攻めにあった。程度の低い、誤った認識に驚きを超えて、あきれるばかりだった。不快をおぼえたが臆した態度は取れない。長い間の、保守政権やマスコミの反共宣伝がしっかりと根付いているのだろう。酔っていて反論するのも億劫だが、真剣に伝えねばならない。

「俺は三十六年前にもキューバを訪れている。教育も医療もその当時から無料だし、白人も黒人もみんな差別なく平等に仲よく生活しているよ。マイケル・ムーア監督の映画『シッコ』を観たかな。あの映画でもキューバの無料の医療について語っているだろう。アメリカの差別的医療こそ問題はあるけれど、キューバは医療一つをみても分かるように、国民は大切にされているのだぜ。ホームレスやマンホールチルドレンなんて全然見かけないよ」

樋口が力説したせいか、首を傾げた友もいたし、おざなりな相槌を打つ者もいたが、反論する同級生はいなかった。少し気が滅入りわずらわしかったが、根気よく話して良かった。

アメリカの長年にわたる経済封鎖の影響で貧しい国と言われているが、ホテルの朝食は美味しかった。野菜、果物、魚、肉料理が並び豪華である。白身の焼いた魚には舌鼓を打った。コーヒーグラスを傾けていると、ルイスが現れた。

「おはようございます。よく眠れましたか」

爽やかな笑顔で挨拶してきた。

「樋口さん、今日はハバナ市内の観光へご案内します」

彼の愛車は何年も乗っているのだろうか。ぽんこつである。ぽんこつでも自分の車を持っているのはキューバでは少数になるのだろう。三十六年ぶりのキューバ再訪だが、ハバナの街並みや通りを走る一九四〇年代、五〇年代の車は当時と変わっていない。古いアメリカ車や、観光客を乗せた馬車など懐かしい。

車窓からハバナの街を見つめると、キューバに来たのだと実感し、気持ちが高まり旅情が心に迫ってきた。

旧市街を散策した後、車は革命広場の一角に止まった。ルイスと並んで歩き出すと、二人の下に短い影が落ちていた。広場に面して建つ内務省の大きな建物に、チェ・ゲバラの十メートルを超えるような肖像があり目を見張る。肖像から百メートル先に、革命の父と尊敬されているホセ・マルティ像がどっしりと構えていた。

像の後方には広場を象徴するような、高い塔がそびえ建っている。ルイスの説明では、ホセ・マルティ記念博物館で、ハバナで一番高い建造物という。

広場には穏やかな風が流れていた。観光客を待っているのか派手な車や、古典的な車が何台も停車していた。

三十六年前、広場は七十万の民衆と、二万人近い外国人で埋め尽くされた。檀上に立つフィデル・カストロの迫力ある演説を、全員が耳を傾けて聞いていた。

樋口もその民衆の中にいた。スペイン語で演説するカストロの話は分からなかったが、こぶしを振り挙げての主張は、民衆の歓声や熱狂ぶりから通じるものがあった。快い興奮があった。

血をわきたたせる革命広場、興奮のるつぼは樋口の心をとらえて離さなかった。あの時、群集と共に喜びを分かち合ったことが、広場に佇むとくっきりと目に浮かぶ。

空を仰ぎながら思いに浸っていると、何かしら温かい心地に包まれた。遠い昔、胸躍らせた残像が樋口の心にくっきりと残っていた。

「樋口さんどうしました」

思いめぐらす樋口を心配したのかルイスが声を掛けてきた。

「ルイス、昔ここでカストロの大演説を聞いたことがあるのです。その時を懐かしく思い出していました」

「それはすごいですね。カストロを私は尊敬しています。彼はキューバの英雄です。私も何度も彼の演説には立ち会っています。それどころかカストロの同時通訳もやったことがあります。樋口さんが演説を聞いたのはいつの頃ですか」

「三十六年前にハバナで世界青年学生祭典が開かれました。私は日本代表団の一員として祭典に参加したのです。憶えていますか、祭典のことを」

「知っています。世界青年学生祭典か。世界各国から二万人近く集まったのですよね。樋口さんは代表団の一人だったのですね。私が十八歳の時です。キューバで国際的な祭典が開かれる、それも五大陸の百四十五カ国からの参加です。キューバにとっては大変なことです。国をあげて歓迎体制をとりました。忘れることのできない大イベントだった。そして私もその時、革命広場にいました。驚きますね、樋口さんと一緒にいたのですよ」

感極まる表情で巧みに日本語を話すルイスを見つめると、親密感を持った。坊主頭で背が高く、ピンク色の半袖シャツを着こなすルイスは逞しい体をしている。二の腕の太さや分厚い胸を見ると、格闘技でもやっているような体格だ。気楽に質問した。

「ルイスは何かスポーツやっていますか」

「高校時代バスケットボールの選手でした。今は何もしていませんが、たまにはプールで泳いでいます。樋口さんもがっちりした体格ですね。どんなスポーツをしていましたか」

「柔道です。若い頃は相撲もやっていましたよ。ルイスは立派な体ですから、あなたも柔道をやっているのかと思った。バスケットとは意外ですね」

「柔道ですか、キューバも柔道は盛んですよ」

「そうですね。三十六年前この国を訪れたのも、私が柔道をやっていたからです。コーヒーでも飲みながら、長話を聞いてくれますか。今回一人でキューバを訪れた目的についても話したいです」

広場の一角にあるレストランに入ると、樋口は真摯に話しだした。

一九七八年七月二十八日から八月五日まで開かれた第十一回世界青年学生祭典に、新日本体育連盟代表団は十六名を派遣した。空手、剣道、柔道の他、野球やテニス、バレーボール、バスケットボールなどから団員が選ばれた。空手や剣道は複数の参加であったが、柔道は樋口一人であった。

樋口は世界青年学生祭典が開かれる三年前に、志を共有する崎山兄弟たちと柔道愛好同志会を結成した。樋口が二十七歳の時だった。激しい練習を追求しながら民主的柔道の確立を目指していた。

しごきや根性論が旺盛な柔道界で、そうした封建的流れを排除して、部員が主人公の柔道を目的とし実践してきた。民主的柔道を広げる活動の中で、崎山たちは大学柔道部の先輩たちから、嫌がらせや妨害を受けたが、柔道愛好同志会は攻撃をはねのけ前進して行った。当然のように柔道愛好同志会は「いつでも、どこでも、誰でもがスポーツを」をスローガンに掲げる新日本体育連盟に加盟することになった。

柔道愛好同志会の理念に共感する四、五段の強い柔道家も結集するようになり、独自に全国大会を主催するようになった。日本柔道界の中でも異色のクラブとして活躍する存在となった。

その柔道愛好同志会の責任者、崎山茂から、

「樋口さん、キューバに行きませんか。キューバで世界青年学生祭典が開かれます。新体連も参加団体の一つで、柔道からの参加を要請されています」

祭典は「反帝連帯、平和、友情」のスローガンを掲げ世界から若者が参加し、政治、文化、スポーツなど多くの分野で行事を開き、友情と連帯を深めるのだという。樋口は胸が

高鳴ったが崎山に率直に尋ねた。

「世界青年学生祭典に参加を求められるのは光栄だが、崎山君が代表で行くのが筋ではないか。柔道だって俺より強いし」

「僕は二週間も職場を休めないのです。新体連の役員とも相談しましたが、彼らも樋口さんを推薦しています」

「俺だって二週間も休めるかどうか分からないよ。それに二人目の子どもが生まれたばかりだ。かみさんが何ていうか」

渋い顔で控えめに言ったが、内心は舞い上がっていた。勤務先の上司は代表団に決まったことは素晴らしいと、カンパまで集めてくれた。樋口が勤める新医協は医療・保健の学術・研究団体で民主的な活動にはすこぶる理解のある団体であった。連れ合いの了解も得て、参加が決まった。ハバナの祭典を思い浮かべると、あふれるように気力が湧きあがってきた。

日本の参加団体は日本民主青年同盟、全日本学生自治会総連合、日本青年団体協議会、社会主義青年同盟、総評青年部、全日本農民組合連合会、新日本体育連盟、文化・芸術代表団などであった。総勢二百五十八人の日本代表団である。文化・芸術代表団の中には前進座の女優や、テレビのコマーシャルに出演している女優もいた。幅広い構成団体に有名人もいるのでびっくりした。

学生時代の友人や職場の仲間たちがカンパを集め、応援してくれた。樋口は代表団に選ばれたことを誇りに思い、彼らの支援に応えようと決意を固めていった。

スポーツ代表団は新体連の他に、総評の系列から日本労働者スポーツ協会の参加があり柔道の代表もいるという。そのことを伝えられた時、安心した。柔道は一人ではできないし、ハバナでは『日本の夕べ』を開く。琴の演奏や日本舞踊の披露と一緒に空手や柔道の演武を紹介する企画である。演武は一人ではできない。相手がいることでキャンセルしないで済んだ。まだ会ったことのない、日本労働者スポーツ協会の柔道選手とは意思疎通をし、練習もしないといけないないなと考えた。

日本からキューバまでの航路は成田からモスクワに行き、モスクワからカサブランカを経由し、大西洋を渡ってハバナに到着という、すごい距離だ。地球を一周するのではないかと思った。

モスクワに着くと、一日滞在し赤の広場やモスクワ大学などを見学する。国営放送が日本代表団にインタビューを申し入れる。インタビューに応えるのは社青同と総評の代表で民青や全学連は一切無視された。

無視どころか見下すような対応ぶりだった。ソ連の品格のない政治を目の前で学ぶことができた。ソ連の政治に批判的な団体や政党は相手にしない、排除する。民主主義とは縁のない独裁国家のようだ。モスクワでの彼らの動きに黙然と口をつぐんだが、失望感が溢れ情けなかった。これが噂に聞く大国主義なのだ。

樋口は横暴な体質の国を直視すると、怒りが湧いてきた。公平や平等、自由を重んじない国家が社会主義を標榜して、ふんぞり返っているとは、とんでもない話だ。

ハバナに到着して三日目、高ぶっていた神経も落ち着いた。朝日が照りつける宿舎へ、キューバの通訳が樋口を訪ねてきた。アレイダと自己紹介した。二十代半ばだろうか、瓜実顔のくっきりした目鼻立ちの女性だ。簡単な挨拶を交わすと質問してくる。

「樋口さん、スペイン語話せますか」

樋口は顔を左右に振る。するとアレイダはたたみ掛けてくる。

「英語は話せますか」

樋口は情けなさそうに、

「英語も話せません」

と答えた。アレイダは肩を竦めると、

「おうー駄目ね」

と両手を広げて日本語で呟いた。そしてそっけなく話を続ける。

「今日の午後、キューバ柔道のナショナルチームが日本から来た柔道家、樋口さんを招待します。宿舎の前で待っていて下さい。車で迎えに来ます」

ナショナルチームの招待、絶句し、呆気にとられる。ひ弱く、哀れな狼狽を隠せなかった。キューバ柔道は世界的にもトップクラスで、ロドリゲスというオリンピックの金メダリストもいるのだ。そんな所へ二流、いや三流の柔道家が一緒に練習しても物笑いになるだけだ。

日本から来た柔道家というので、キューバのナショナルチームは歓迎しているのだ。どうしよう、焦りと恐れが心の中を刺すように流れ、吐息をついた。アレイダの話では日本労働者スポーツ協会の柔道家は参加を断固として断ったそうだ。分かる、よく分かる。俺もそうしたいと、思いをめぐらす。

アレイダがせせら笑うように樋口を見つめる。小馬鹿にされたような態度に、不甲斐なさや、口惜しい気持ちがみなぎってきた。

内なる声に呼び戻された、大勢の人がカンパや応援をしてくれたことを思いだす。ここで日和ったら情けない。ナショナルチームの要請に応えるしかない。そう決意しても暗澹たる雲行きに、落ち込むばかりだ。

内なる声は、いつまでもめそめそするな、と己に喝を入れた。臆した態度を見せずに、アレイダに告げる。

「分かりました、参加します。でも彼らに伝えて下さい。私は日本を代表する柔道家ではないと」

アレイダは頬をゆるめ、樋口を見下すように眺めると、棘を含んだように残酷に言う。

「キューバの柔道すごいよ、怪我をしないようにね」

なんて女だ、と憤慨したが、ひきつった愛想笑いで応えるしかなかった。

柔道場は百畳くらいの広さだろうか。壁際には怪我をしないように、マットが立て掛けてある。講道館などに比べると質素な道場であった。しかし、ここでキューバのトップクラスの選手が猛練習を積んでいるのだ。道場に入ると身震いが起き、背筋に悪寒が走るようだ。ナショナルチームの柔道選手五十人位が樋口を歓迎して、拍手で迎えてくれた。樋口は柔道着に着替えると、

「私は世界青年平和友好祭に柔道愛好家として参加していますが、日本のトップクラスの選手ではありません」

控えめな口調で簡単に自己紹介した。アレイダがどう通訳したか気になった。だが柔道着を身に着けると、猛々しい闘志が沸いてきた。独りよがりの不屈の精神が、怯えを消した。へこたれるなと気合を入れる。

準備体操を入念にやり、肩ブリッジ、腹筋運動、足首、手首をもみほぐしていく。最後に相撲の立ち会いの恰好をして、相撲式柔軟運動をすると、何人かの柔道家は真似をし、同じような姿勢を取った。黒人の柔道家と打ち込みをする。大外刈りを十本、背負い投げを十本繰り返した。汗がどっと吹き出す。打ち込みを終えると、タオルで念入りに汗を拭いた。監督かコーチだろう。

「体重は何キロありますか、それとあなたは何段ですか」

と尋ねてきた。いよいよ乱取りだ。呼吸を整えて気合を入れる。

「七十八キロです。段位は三段です」

コーチは窓際にいる精悍な顔をした男を手招きした。彼が樋口と同じくらいの体重なのだろう。礼をして乱取りを始める。樋口の技を警戒しているのか、組み合ったままだ。樋口は心を引き締めて乱取りに集中した。

投げられてもともとだ。思い切り引手を持って、背負い投げをかけるが返される。相手も内またや払い腰で攻めてくるが、樋口はこらえた。けっこう対等に練習できるではないかと、わずかな余裕が出てきた。稽古をはじめて二分くらい堪えられた。肩の力が抜けて自然体になり、気力も充実してきた。

しかし残り時間が少なくなると、相手は全力を出してきた。必死に体を動かし、引手を切っても、力の差ははっきりしていた。何度も叩き付けられた。

乱れた柔道着を整え互いに礼をした。息があがり道場の隅に座り肩で息をつく。無力感はなく、全力を尽くしたからか、苦しくても気持ちが燃えていた。

アレイダが笑みをこぼしながら隣に座る。

「樋口さん、なかなか頑張るよ。乱取りした相手は中量級でも強い方よ。後半疲れて投げられたけれど立派、立派よ」

皮肉は消えて真剣に励ましてくれた。深呼吸をして呼吸を落ち着かせると、闘争心と気力が戻ってくる。気合を入れなおし、両頬を強く叩く。不敵な挑む衝動に駆られてきた。

「アレイダお願いだ。せっかくここまで来たのだ、ロドリゲスと稽古がしたい。頼んで欲しい」

「あなた偉いね、分かった。ロドリゲスは樋口さんより小さいけれど強いよ。知っているね」

アレイダの口調に、さりげない心づかいが感じられた。樋口が、弱くても、全力をそそいで稽古に臨んでいる姿勢に共感したのだろうか。彼女は真剣な面持ちでロドリゲスに伝えていた。

ロドリゲスは手抜きをしないで相手をしてくれた。体落とし、出足払い、巴投げ、面白いように投げ飛ばされた。樋口は世界トップの強さを学んだ。スピード、力、切れ、どれをとっても卓越したすごい柔道家だ。血潮がほとばしる。

投げられても、倒されても、立ち上がり正面から向き合った。ロドリゲスは油断したわけでもないだろうが、ふと横を向いた。その瞬間、樋口の右足が相手の右アキレス腱を、鎌で草を切るように刈り、柔道着を握った右手で思い切り顎を突いた。ものの見事に背中から倒れた。樋口の得意技、小内刈りが鮮やかに決まった。

道場内が一瞬どよめいた。全身から汗がしたたり落ちる。うねりながらこみあげる喜びを感じた瞬間、電光石火、強烈な一本背負いで叩き付けられた。受け身をとったが、あまりにも激しく投げ飛ばされ、呻いた。ふらふらしながら立ち上がったが朦朧とし、頭を左右に振った。彼は人なつっこい眼を向けて、にやりと笑った。厳しい練習で道場に足を入れた時の、異様な雰囲気など微塵もなく消えていた。

稽古を終えると汗臭い柔道着のまま、ロドリゲスと抱き合った。感動で涙が出そうだった。無上の喜びに、心身がさっぱりとし、生き生きとしてきた。

ナショナルチーム全員の前で深々と礼をして感謝した。道場に別れを告げると、すべての柔道家が立ち上がり拍手で送ってくれた。なかには握手を求めてくる者もいた。あながち嘘でない彼らの情のこもった態度が、とても嬉しかった。監督が笑いながら、樋口の肩を軽く叩く。良く頑張ったと褒めているらしい。

宿舎へ帰る車の中でアレイダが照れたように、

「そのうち日本に行くよ。日本で会いたいから連絡先教えて」

慈愛のある目をしばたたかせた。本当かと胸を躍らせた。稽古の最中、樋口を応援する彼女の態度が嬉しかった。皮肉を言う割には、励ましてくれていたのだ。手帳にボールペンを寄越すと、日本の住所を書いてという。書こうとしたが練習の疲れで、手がぶるぶる震えて書けない。運転手がいるのに二人して笑ってしまった。

『日本の夕べ』には大勢のキューバ人が会場を埋めていた。邦楽合奏では「さくら変奏曲」が演奏され、「死んだ女の子」や「中国地方の子守唄」「自由なる大地へ」などの独唱や合唱が続いた。日本舞踊や民族舞踊が披露されると、会場は拍手が鳴りやまなかった。

いよいよ柔道、剣道、空手の登場だ。柔道が最初の演武である。檀上には畳が敷かれていない。代わりにマットが置いてある。日本労働者スポーツ協会の柔道家とは何度か練習を積んだ。投げの型を演じる。投げられるたびにマットから埃が舞い上がった。舞踊や歌のような華麗さはなく、泥臭かったが、最後まで演じることができた。前方に座っていたアレイダが「素晴らしい」と声援を送ってきた。

カリブ海に灼熱の陽光が降り注ぐ中、ハバナでの輝くような多彩な集い、世界各国の若者と平和の連帯など、帰国してからも祭典の夢のような出来事が思い出された。強烈な思い入れも、仕事や子育てに追われ、はるか彼方に忘れ去っていた。その年の十月上旬、アレイダから手紙が届いた。

「十一月二十三日から日本武道館で嘉納治五郎杯国際柔道大会が開かれます。樋口さんもご存じのことと思います。大会にキューバも参加します。樋口さんの知っているゴメス選手やファーレロ選手、コーチのセポロも日本に行きます。なんと私も通訳で同行します。武道館でお会いしましょう」

曲がりくねった日本語だが読めた。手紙を読み終えると、うおーと叫んでいた。キューバでのアレイダとの淡い交流が思い出された。安らかで清らかな感情が胸を浸した。

日本武道館は久方ぶりの国際柔道大会で注目されており、満員の盛況であった。こけしや日本人形などのお土産を持参し、キューバ選手の控室に行く。部屋はすえた汗の臭いが充満していた。柔道家たちは満面の笑顔で迎えてくれた。豪快に四股を踏む柔道家も記憶にあった。

アレイダは恥ずかしそうに魅惑的な瞳で樋口を見つめ、そっと右手を伸ばしてきた。強く握り返した。これから試合に臨む九十五キロ以下のゴメス選手は厳しい顔つきだが、がっちりと樋口と握手を交わす。堂々とした明るい態度に驕りはなかった。

ゴメスは強かったが準決勝で敗れた。でも世界で三位である。素晴らしい。樋口は、こんなレベルの選手と練習したのかと思うと感慨深かった。大会は二十六日に終えたが、各クラスでキューバ選手の活躍は注目された。ロドリゲスは怪我で日本に来ていなかった。

アレイダは通訳の仕事も一息ついたのか、爽やかな笑顔で、

「樋口さん、明日半日休みが取れます。東京案内してくれますか」

「分かりました。ホテルに迎えに行きます」

彼女の誘いがとてつもなく嬉しかった。

浅草や上野を案内すると生き生きとして、景色を楽しんでくれた。しかし、きびきびしていたのに時間がたつにつれて戸惑った表情を見せた。あまり楽しそうではない。どうしたのだろう。樋口は心配して、

「どうしました、体の具合でも悪いのかな」

「東京の空気臭いですね。大きなビルディングが建ち、すごい数の立派な車も走ります。夜はネオンがいつまでも輝いています。びっくりします。でも大気が汚れている。日本の空港が近くなった時、東京の上空は丸いドームのような黒っぽい大気に包まれていましたね。スモッグです。キューバも日本も島国ですが、環境があまりにも違います」

日本を率直に批判する話であった。

高度経済成長し、世界でもトップクラスの経済大国となった日本と、貧しいけれど環境を守り前進しているキューバとの差。空気が汚れ公害患者、喘息患者が増えている、今日の日本を考えるとアレイダの嘆きは理解できた。

上野動物園に連れて行くと子どものように喜んでいた。

「ハバナにも動物園はあるけれど、こんなに大きくはないです」

と、園内を歩きながら話した。動物の種類も多いのでびっくりしていた。慌ただしい観光だったが、アレイダは満ち足りたすっきりした表情に変わっていた。

動物園を後にして上野駅に向かう途中、冷たい一陣の風が吹き、薄茜色の桜の枯葉がひらひらと舞い落ちてきた。アレイダは無邪気な笑顔で枯葉を掴もうとした。

彼女のはじけるような笑いと、研ぎ澄まされた精神の動きが脳裏に焼きついていた。

あれから、年に何度か手紙のやり取りをしていた。文通は日本語で良いのだから楽だった。

結婚して二年後には離婚をしたとの便りを受け取った。一人娘は私が育てていると記してあった。樋口は妻と相談して子ども服やおもちゃを送った。

十年後、新医協会員の歯科医師や薬剤師、保健婦がカナディアン・ロッキーの登山を計画していた。樋口も誘われたが子どもを三人育てており、給料も安く、つつましい暮らしをしている。海外旅行など遠い夢の話である。誘いは嬉しいが丁寧に断ると、保健婦が、「旅行会社を通さないで、すべて私たちが旅の準備を進めているので、すごく安く済みます。樋口さん一緒に行きましょう」

熱心に誘ってくれた。いたしかたなく妻に話すと、

「あなた、それ位なら何とかなりますよ。いくら貧乏でも、私も働いているのです。先生方が誘ってくれるのなら参加すれば」

送り出してくれた、妻に感謝した。

二度目の海外の旅も、胸が熱くなるほど嬉しかった。旅する五人のメンバーとは北アルプスや南アルプスを何度も歩いていた。最近の新医協総会で「新医協山の会」を立ち上げたばかりだった。

真夏のある日、保健婦たちと福島の山に入り、道に迷い遭難寸前に陥った。しかし動揺しながらも、冷静に対応して危機を脱した。厄介な状況でも、ごく自然に団結し、信頼できる山仲間であった。安心して同行できる。

アレイダにカナダの旅を伝えると、すぐに返書が届いた。同じ頃、通訳の仕事でトロントに行くという。トロントとハバナは飛行機で三時間半の距離だ。日程もアレイダが調整しトロントで会いましょう、と結んであった。旅の楽しみが何倍にも膨らんだ。

八月末からのカナダの旅はバンクーバーからバンフまで、雄大な展望や食事を楽しむ、鉄道の旅から始まる。大陸横断鉄道「ロッキー・マウンテニア号」は一泊二日でバンフへ向かう。車窓からロッキーの山々を眺め、そそりたつ岩山に感嘆の声があがる。

バンフに着くと、街の中心部から一歩外へ踏み出しただけで、鮮やかな自然を満喫できた。澄み切った湖と、湿原の野生動物や野鳥に目を奪われる。中心部を流れるボウ川の美しい流れ、ダイナミックな風景に立ちすくんだ。

バンフで三泊し、大自然の中でトレッキングを楽しんだ。埋め尽くすお花畑や、歴史を秘めた氷河、切り立つ峻嶮な岩壁などの連続に、気持ちが高揚し安らぎに満ちていた。汗を流しての登山や、湖畔を軽やかに歩く感動の中で、間もなくアレイダに会えるという思いが募ってきた。するとキューバや上野での記憶があれこれと蘇り、浮き立つような気持ちに包まれた。

カルガリー国際空港から国内線の飛行機に乗り、トロントに到着した。山中で数日過ごしていたせいか、カナダ最大の都市トロントの華やかな街並みにまごついた。ホテルに到着すると、ナイアガラの滝を見学する仲間たちと別れた。彼らにはアレイダのことを話しておいた。保健婦が一緒に行こうかと、冗談まじりに言ったが断った。

アレイダと会う場所はオンタリオ美術館前にあるレストランだ。彼女の手紙では、トロントには何度も仕事で訪れているとあった。トロント中心部の地図が同封してありレストランには丸印が記してあった。

店内に入りそっと見渡す。奥の席から笑みを浮かべた女が、立ち上がると片手を大きく振った。明るいオレンジのワンピースが、小麦色の肌に似合っていた。共に手をとり、再会の喜びを分かち合った。緊張が解けてゆったりとした気分を味わった。ビールで乾杯した。一気に飲み干す。冷たいビールがすこぶるうまく、しみ込むように広がった。心が落ち着き、冷静になれた。互いに仕事や家庭の様子を語り合った。アレイダが一人娘のことを話す時は、とても嬉しそうだった。娘を心から愛していることが理解できた。満ち足りたひと時に、彼女は穏やかなほほえみを絶やさなかった。一つ一つの動作や話に魅せられていた。

樋口は前から気になっていることを率直に尋ねた。

「離婚して生活や暮らしは大丈夫なのですか」

「日本では離婚歴をバツ一とか二と表現するようですね。キューバではマル一、マル二といいます。私の友人にはマル五なんて女性もいますよ。日本と違い、離婚にエネルギーは使いません。子どもはだいたい女性が引き取ります。家も女性の持ち物になります。女性が働いていない場合は、元夫が生活費を出します。もちろん元夫も週に一回は子どもに会えます。キューバは女性を尊重し、男女平等が貫かれているのです。子どもや女性を大切にする政治は国家の方針です。それに医療費や教育費が無料なのです。贅沢さえしなければ、誰でも幸せに暮らしていけるのです」

祖国の政治や政策を、誇りを持って語るアレイダはとても素敵だ。

「樋口さんは子どもを三人育てているのですね。子育てや、家事労働など分担しているのですか。お連れ合いさんも働いているのですか」

「私たちは共働きです。妻の会社は、結婚すると女性は退職します。それは彼女が勤める会社だけでなく、日本の大企業は同じように女性差別を貫いています。ひどいですよ。給料は男性と同じように働いているのに半分くらいです。そんな中で、結婚して会社に残ったのは彼女がはじめてです。ましてや三人の子を育てながら、働いているのですから、精神的にも厳しいです。それを私が支えるのは当たり前の話です。保育園の送り迎えや、洗濯、部屋掃除と何でもやっています。でも、妻が働き続けていると、後に続く女性たちが増えてきました。そうした人たちに妻は感謝されているようです」

「偉いですね。キューバでもたまには男尊女卑の考えを持っている男がいます。そういう男は基本的に怠け者です。高度に発達した資本主義の真っただ中で、男女平等を考え実行しているのは立派です」

話が尽きなかったが、別れの時間が迫ってきた。

「妻からあなたとお嬢さんへのプレゼントです。日本の浴衣と扇子です」

紙袋から風呂敷包みを取り出し、広げて、大人と子どもの浴衣や帯、下駄を手渡した。

アレイダはワンピースの上から浴衣を着ると帯を締めた。扇子を広げての浴衣がけ姿は日本女性のようである。周りの席から感嘆の声があがった。かさばった土産だが持参して良かった。

酔いが別れの寂しさをまぎらわせていた。美術館前で再会を約束して別れた。樋口はアレイダの後ろ姿をいつまでも見送っていた。

その後も文通は続いた。

アレイダの手紙は娘の成長を語り、それが生き甲斐のようだった。その娘も大きくなりハバナ大学に入学し、医師を目指しているという手紙は嬉しかった。娘と一緒の写真が同封してあった。アレイダによく似ていた。

七年前、乳癌になり手術したとの連絡を受けた。名状しがたい不安に襲われた。見舞いに行きたかったが、キューバはあまりにも遠い。手術後の経過は順調で今まで通りの日常生活を過ごしている、との手紙を受け取り安心した。

最近の手紙では、日本にもう一度行きたいとくり返し記されていた。はかなく寂しい感情を抑えるのに苦労した。

二年前、癌が再発したとの便りが届いた時に、恐怖にさらされるようなショックを受けた。アレイダに対して深い情愛があることを今更ながら悟った。樋口が激励の手紙を書き、その後の経過を問合せしたが、アレイダから連絡がなかった。心配が募り狼狽えた。死んだのか、怖れに苛まれ悲しみに苦しんだ。キューバで知り合ってから、文通で友情を深めてきた。淡い憧れもあったのだ。悲しみが心の中を流れて行った。

一年前、アレイダの娘、イスナガから手紙が届いた。

「母は乳癌の手術後、順調に回復していたのですが、癌が再発しました。幸いにも手術は成功し、散歩にも出られるようになりました。しかしその後、頭痛を訴え倒れて入院、脳梗塞でした。右半身が麻痺し、毎日のリハビリテーションに励んだのですが、ペンも持つことができなくなりました。仰臥したままの姿勢で、恢復を諦めています。でも樋口さんの便りが、病と孤独を忘れさせているようです。お手紙を何度も何度も読んでいます。利き腕が麻痺しているから手紙が書けないのです。そうした近況を報告しました。母は樋口さんに会いたがっています。もしキューバに来られたら母はどんなに喜びますか。この手紙を書くのに私も必死に日本語を学びました」

娘の手紙に、苦難に耐えているアレイダの姿が浮かんできた。生きていたのだ、素直に喜び安心した。ハバナへ見舞いに行こう、キューバを訪れようと、強く決意した。一途な気持ちは何日たっても変わらなかった。

「長い話になりました。私の旅の目的はアレイダの病気見舞いなのです。本人も娘さんも私がキューバに来ていることを知りません。ハバナ滞在中に会いたいです。力を貸して下さい。住所は分かります」

樋口はルイスを見つめた。ルイスは黙って聞いていたが、冷たくなったコーヒーを飲み干すと、

「驚きました。アレイダは私の日本語通訳の先輩です。この数年お会いしていません。彼女が病気で伏せているとは知りませんでした。ましてや樋口さんと、そんな関係があったとは。今夜にでも彼女の近況や、会えるかどうか調べてみます」

笑顔を絶やさないルイスだったが、樋口の話が終わると笑みも消えて低い声で答えた。キューバの日本語通訳はそれほど多いわけではない。アレイダとルイスが知り合いであることは樋口も予想していた。ルイスの励ましと親切に肩の力が抜けるようだった。

「樋口さん、見舞いの件は了解しました。滞在中にアレイダの消息を調べ、お会いできるように段取りします。せっかくキューバに来たのですから、観光や施設の訪問も実施しま

しょう。日本の旅行会社から診療所や老人ホームに案内して欲しいと連絡が来ています。樋口さんは医療の学術団体で働いていると訊いていますが」

「そうです。新医協という団体で事務局員として四十年間働いてきました。新医協は医師や保健師、薬剤師、鍼灸師などで構成されている個人加盟の進歩的、革新的団体です。会の目的は、国民の命と健康を守ることです。会員の中にはハバナ大学で肺癌手術を指導した医師や、鍼灸治療を伝授した鍼灸師もいます。私もキューバの医療制度や医療費無料のシステムを学びたいですね」

「なるほど、明日は樋口さんの要望に応えられるよう奮闘します。おなかがすいたでしょう。ヘミングウェイが通っていたレストランが近くにあります。その店で食事をしましょう」

フロリディターというレストランに入ると、大勢の観光客でごった返していた。店の端にはヘミングウェイのブロンズ像が立て掛けられていた。像の下の椅子はヘミングウェイがいつも座っていたらしい。ルイスとの話し合いで落ち着いたのか、生ビールがとてもおいしく飲める。車を運転するルイスは酒が飲めない。

樋口はラム酒も頼んだ。ハバナ・クラブのラム酒はキューバで飲みたかった。ダイキリというカクテルはペパーミントの香りがラム酒と混じり、なんともいえない滑らかな喉越しの良さだ。ヘミングウェイの像を見つめているとくつろいできた。

ヘミングウェイとチェ・ゲバラの像や邸宅、墓は盛んに宣伝されていたので観光客がいつも多いと聞いている。観光の目玉だから二人の像が点在するのは当然である。土産屋をのぞいても半袖シャツに描かれたゲバラの顔が多い。キューバ経済を支えているのは観光資源だから、国民から尊敬されている二人が宣伝されるのは理解できた。

だが樋口はキューバに来てから、疑問に思うことを口にした。

「革命後、数十年、トップの指導者として奮闘してきたフィデル・カストロの像は見かけないけれど、どうしてですか」

「カストロは、私が死んでも像などは建てるなと話しています。個人崇拝は革命に何の役にもたたないと言っているのです」

カストロの素敵な一面を見たようだ。彼が国民から慕われ、尊敬されているのは当然だと思った。革命広場のカストロ演説の光景が再び蘇ってきた。髭面で面長な顔立ち、長身のカストロの恰好の良いこと。見栄えする姿勢で聴衆に淡々と語る姿を思い出すと、ラム酒がますますうまくなった。グラスを重ねた。

気持ちよい酔いが精神を高ぶらせた。旧市街をゆっくり歩いて海辺近くに着くと、三人の演奏家が楽器を奏でている。演奏を聴いていたが、体が揺れてくる。ギターとマラカスとボンゴの音色が何とも心地よい。

演奏に合わせて樋口は踊りだす。彼らは東洋人が一人で踊りだしたので喜んだ。演奏に熱がこもってきた。樋口はモンキーダンスかツイストか、わけの分からない踊りを全身で表現していた。恥ずかしさが吹っ飛んでいた。ルイスは嬉しそうに樋口を見つめていた。

演奏が終わるとチップを渡し、「ビバークーバー」と叫び、右腕を頭上に思い切り伸ばした。先ほどの辛い話は消えていた。陽光と音楽と酒が元気をくれたようだ。樋口はキューバに来た喜びを嚙みしめた。

次の日、ルイスが車の中で優しく、いたわる口調で話す。

「樋口さん、アレイダの消息が分かりました。娘さんと一緒に暮らしていますが、容態があまりよくありません。二人に樋口さんがハバナに来ている話をしましたら、とても驚いていました。今日にでも会う段取りを考えましたが、娘さんの仕事やアレイダの健康状態も考慮して、明後日に訪れると約束してきました。目的であったアレイダと会えることになりました。後は樋口さんが観光を楽しみ、キューバについてしっかり学んで下さい。私がそのお手伝いをします。私もアレイダもガイドとして通訳として、そのために奮闘してきました」

ルイスの見返りを求めない思いやりが胸に染みわたり、鼻の奥がツーンとした。車は旧国会議事堂や、ハバナ大劇場の歴史的建物が並ぶ通りを走り去ると海岸通りに到着した。対岸には古典的な大砲を並べたモロ要塞が重々しく聳え、ハバナ湾に面したこちら側ではブンタ要塞が公開されている。その昔、海賊の標的だったハバナ湾に要塞を設けたとルイスは説明する。潮風が海の香りを運んでくる。海に面したマレコン通りでは、若い男と女が肩を寄せ合っていた。

車はハバナの外れにある診療所前で停車した。ルイスの話では診療所はポリ・クリニコと呼ばれキューバ医療の中核という。

施設長の看護師が案内してくれた。診療所は患者が多くごった返していた。診療所なのに小児科から内科、外科、産婦人科などの診察室があった。日本の中小病院と同じ規模である。鍼灸・指圧の部屋まであるのには驚いた。看護師の話をルイスが通訳していく。

キューバの医師は女性が多く、医療費は無料。地域には百二十世帯に一人の割合でファミリードクターがおり、小病院に近い診療所が各地に点在する。この診療所もその一つである。頂点に病院と研究所があり、キューバの誇る連携した医療体制である、と説明を受ける。

ファミリードクターは全国のオフィスで三万人が診療にあたり、ファミリードクターの手に負えない患者はポリ・クリニコに送られる。ルイスはアレイダの娘さんは病院で内科医師の仕事をしていると教えてくれた。

樋口は手帳にペンを走らせていたが、視線を看護師から外し、窓の外を見つめた。太陽の位置が高く、遠方に薄い雲が浮かんでいた。アレイダへの思いが胸中に去来した。

「アメリカの経済封鎖で医療機器が不足しています。貧しい中でも医療費は無料で誰にでも差別なく治療をしています」

と、話した看護師は背筋を伸ばし誇りを持って樋口を見つめた。彼女は続けた。

「私たちの国ではこの五十年間に中南米やアフリカに五十万人を超える医療団を送っています。エボラ出血熱のアフリカに三百人の医療団を派遣しています」

樋口の記憶では、日本からエボラ出血熱でアフリカに渡った医師たちは、確か七名だったと思う。キューバでは何と先進的、人道的な医療が実施されているのだろう。樋口は看護師にお礼を言い、日本から持ってきた包帯や医薬品をプレゼントした。

診療所を後にすると溜息をついた。

「ルイス、キューバはすごいよ。日本は先進国と言われているけれど、キューバの足元にも及ばない。健康保険のお金が払えず、病気の治療ができないで死んでいく人もいるのだよ」

吐き捨てるように話した。ルイスは頷くと、

「政治が国民を見つめているのか、一部の金持ちを見ているのかの差だろうね。アメリカは数十年経済封鎖を続けたけれど、キューバは負けなかった。最近アメリカとキューバの国交回復が進んできたけれど、僕は麻薬が入ってくるのではないかと不安になるし、マクドナルドが、あちこちに店を構えると健康問題も心配をするよ。それとキューバの医師たちはとても給料が安い、それで他国へ渡る医師がいるのも事実です」

強い口調で残念そうに言い切った。樋口はルイスが深く国のことを考えているのに感心した。おざなりな相槌はうてない。

診療所を後にして、午後は海岸近くの老人の家を訪れた。ルイスが訪問を知らせていたのだろう。樋口が建物に入ると二十人程の老人が拍手で迎えてくれた。少し照れながら歓迎の挨拶を訊く。

「私たちは老人の家に集まる時は、決して病気の話をしません。明るい話をしたり、歌ったり、踊ります。それが私たちに活力を与えてくれるのです。遠い国から来た友人の樋口さんを歓迎し楽しく交流しましょう」

ルイスの通訳が終わると樋口は立ち上がり、ありがとうございます、と礼を言った。元気な老人たちの迫力に少し腰が引けたが、冷静に対応ができた。

最近は友人との会話や飲み会では、挨拶代わりに病気のことばかりだ。血圧の高さや、尿酸値が七を超えた、といった話が続いていた。それがキューバでは病の話はしないという、なるほどねと頷いた。

老人が手品や歌で歓迎してくれる。楽器の演奏が始まると、踊りだす。老婆が樋口に手を差しのべ、一緒に踊ろうと誘ってくれる。樋口は老婆の背に手を回し、右手を組み演奏に合わせて踊りだす。老婆は踊りが上手だ。下手くそな樋口の踊りをリードしてくれた。

額から汗が流れる頃には恥ずかしさも消えて、何人もの老人と不器用に踊りまくった。踊りがこんなに楽しいとは、樋口は爽快な喜びを感じていた。時間も迫ってきたのか、司会が樋口に歌を歌えと言う。

大歓迎を受けているのに、応えなかったら申し訳ない。さて、どんな歌が良いだろう。考えながら立ち上がり、これしかないなと、瞬時に決めた。老人たちの前で「インターナショナル」を歌いだした。歌詞を忘れているかと心配したが大丈夫だ。大声で歌っていると驚いた。黙って聴いていた老人たちが、全員立ち上がり一緒に歌いだしたのだ。

彼らは樋口を優しく見つめ、肩を組み歌っている。なんだろう、なんか目頭が熱くなった。スペイン語と日本語の「インターナショナル」の合唱だ。溌剌とした生気が老人の家に満ちてきた。革命歌として世界中で歌われているのだから、キューバ人が歌うのは当然か。腹の底から素敵な歌を歌えて幸せだった。

老人たちとの別れは明るくて、樋口に勇気を与えるようだった。

アレイダは市街外れにある中央駅近くの、路地を入ったアパートの一階に住んでいた。アパートは外から眺めると歴史的な建物のようだ。アパートの前に佇むと街の喧騒も消えてひっそりしている。

ルイスが玄関の戸をそっと叩くと、イスナガと思われる女が扉をあけた。扉の前で挨拶を交わし、樋口もルイスと一緒に中に入る。イスナガの聡明そうな顔は、昔知り合った頃のアレイダにそっくりだ。樋口をじっと見つめ、日本語で歓迎してくれた。

「遠い国からようこそ来てくれました。母も喜んでいます」

部屋の中に入ると、椅子に掛けて下さいと手招きする。応接室だろうか、質素な部屋だが、テーブルの上にある花瓶に赤い花が見事に飾られていた。花の名前は分からなかったが美しく咲いていた。奥に大きな鏡が立て掛けてあった。鏡に、疲れた、切ない男の顔が映っていた。

隣の部屋が寝室になっているのだろう。イスナガの後に続いて静かに寝室に入った。二十六年ぶりの再会に複雑に胸が高まった。鼓動が早い。

斜めに傾けたベッドで、樋口を見つめるアレイダが待ち受けていた。青白い顔色、こけた頬、痩せ衰えた小さな顔に昔の面影はなかった。放射線療法か抗癌剤の影響だろうか、頭髪は薄く、真っ白である。食い入るような視線で樋口を見つめる。

「よく来てくれました」

聴き取りにくい細い声で話す。樋口は一歩近づくと丁寧にお辞儀をした。アレイダが左手を毛布の中から、ゆっくりと差し出してきた。樋口は左手をそっと両手で包むように握った。冷たい小さな手であった。こみあげてくるものがあったが堪えた。優しく、優しく声をかけた。

「会えて良かったです」

頭を下げて、もう一度同じことを言った。

「再会できて良かった」

包んだ左手を強く握ると、たまらず涙が溢れそうになったが耐えた。

「樋口さん、来てくれて嬉しいです。会えて嬉しいです」

しわがれた涙声で樋口を見つめる。樋口はとめどもなく溢れる涙を、堪えることができなくなった。イスナガは片隅でしゃくりあげて泣いていた。ルイスの目も潤んでいる。

アレイダの表情の中に、備わった気品が、病床の中でもくっきりと現れていた。嗚咽を堪えてアレイダを見つめる。彼女は低い声で「泣かないで」と囁き話を続ける。

「癌が全身に転移しています。娘が毎日看病してくれていますが、あとひと月の命です。

恐怖と絶望で落ち込みました。自殺も考えました。でも娘が支えてくれました。今は死を受容して心も穏やかです」

苦しそうだが静かに絞り出すように、かすれた声で話す。

「伏せている日々ですから、六十年の年月を思い出します。一番の思い出は通訳で日本に行ったことです。樋口さんと歩いた東京が懐かしい思い出です。トロントでの再会もドラマのようでしたね」

イスナガがハンカチで涙を拭くと、スペイン語で話し出す。ルイスが通訳する。

「母はルイスから樋口さんがハバナへ来ていると訊いてから、この二日間びっくりするように立ち直りました。私も医師ですから病状はよく分かります。樋口さんに心より感謝します」

イスナガの話で、部屋の中の波立ちが静まっていく。悲しみに満ちた感情から解き放たれるようであった。

自らの天命と受けとめ、六十年間精一杯生きて今迎えようとする死。覚悟が決まったら心が安らかになったとアレイダは気負いなく言う。娘の医師としての精神的ケアが、深く実践されているのだろう。彼女に看取られて死を迎える。

死が目の前にあって、樋口に会い懐かしい出会いを述懐するアレイダに、尊厳ある死をと心で願った。願ったが何もできない無力感で胸が締め付けられるように痛んだ。誰でもいつかは必ず死ぬのだ、と思っても、奈落の底に堕ちたような深い絶望が襲ってきた。心が粉々にされたような絶望に嗚咽が漏れた。やりきれなさで崩れそうになる。生と死の境を彷徨っているのか、アレイダはまぶたを閉じていた。疲れきったのか、体力の限界を超えたのか、死んだように眠りに落ちた。目じりから涙が一筋流れていた。

悲しみに包まれていると祈るような心が湧きあがり、失望感が風のように消えていく。しっかりしろと、己に鞭を打った。

そんな樋口にイスナガが静かに語りかける。

「人は生きている限り苦しいことや悲しいことの連続です。悲しみがあるから喜びもあるのですね。人間の生命力の強さに私は驚きます。明日にでも死ぬようなうつ状態だった母が、樋口さんが来ると知った時から、不安定な状態から平穏に戻ったのです。私も娘として母の苦しみと正面から向き合えます。こんなに安らかに寝ている母は久しぶりです。プロの通訳として働き、樋口さんとの出会いも通訳だったからですね。母は幸せです」

イスナガは小刻みに肩をふるわせて、しっかりと感謝を伝えてきた。話し終えると、哀切の表情で樋口を見つめた。精神の均衡を失いかけていたが、悲しみを乗り越えて立ち上がる気力がすこしずつ湧いてきた。濃い疲労の影が薄れ消え去っていく。

ルイスも悲しみで胸が痛むのか、歯切れの良い通訳ができず、途方に暮れた表情を見せた。樋口はイスナガに別れの挨拶を交わした。すべてをなげうってでも力になりたかったが、ここまでであった。アレイダには二度と会えないが、彼女の魂はずっと心に宿る気がした。

外に出ると強い陽光が照りつけていた。ぼんやりと街の風景を眺めて歩き出すと、息苦しかった不安な心情が消えていく。ルイスも辛い仕事を終えたと思ったのか、厳しい顔つきから穏やかな表情に変わっていた。通りを走る車のバックミラーに陽光が反射して、細かく光った。

二人の心情とは別に、ハバナの街は観光客で活気に満ちていた。

あとがき

小説を書いて二十数年たつ。この間書いてきた作品を並べると、主人公樋口信介の生涯を書いてきたようだ。

「紙芝居」紙芝居の黄金バット最終回が見たいが五円のお金がなかった。道端を歩き、金が落ちていないか探し回った。いくら歩いても金は落ちていない。主人公、樋口信介のとった行動は…。この作品を書き終えた時、やっと書き上げたという実感が起きた。

「十五歳まっただなか」もっとも多感な時期、柔道や相撲に明け暮れ、時には喧嘩をして幅をきかせていた。そんな乱暴な少年が輝くような初恋と絶望で気が狂いそうな失恋を味わう。悲しみが溢れてくるが、前向きに生きるしかないと決意する、失意と悲哀を一掃するために。

「私鉄駅員」高校を卒業して私鉄会社に入社、駅員となった。地位、財産、名声をめざしていたが高卒では出世が無理と分かる。駅長や労働組合幹部、右翼学生が、国賊、企業つぶし、桃色サークルと民青を攻撃する。初めて聞く民青の名前、仕事をしながら大学受験の勉強を続ける。

「クオピオの雨」学生運動が全国で激しく燃え上がっていた。樋口はマルクス主義を学ぶために社会科学研究会に入会した。社研の仲間、藤崎はサークル総会で極左暴力学生集団からリンチを受ける。三十年後、フィンランドに住む藤崎はクオピオ大学病院に末期癌で入院、樋口はフィンランドへ見舞いに向かう。

「分厚い手」樋口は二十七歳になった時、崎山兄弟がつくった柔道愛好同志会に入会する。二人の兄弟は大学柔道で鍛えた猛者だった。しかし柔志会はしごきや根性論を排し、誰もが楽しく心身とも成長できるような柔道をめざす。二人の理想は樋口の胸に落ちた。柔志会は新日本体育連盟にも加盟し、多くの柔道愛好家が結集してきた。

「通訳」樋口は三十歳の時、キューバで開かれる第十一回世界青年学生祭典に、新日本体育連盟代表団の一員として派遣された。日本から来た柔道家は、キューバのナショナルチームから招かれ練習するが、実力の差はいかんともしがたい。通訳のアレイダは真剣に立ち向かう樋口に好感を持ち文通が始める。三十数年後、樋口は再び、アレイダに会うためにキューバを訪れる。

六つの作品は七歳から六十八歳までの樋口信介を描いている。無知で乱暴者の少年が最初の労働現場で政治を学び、学生運動を経て、民主的な柔道活動を通し、生きていくありさまを読者に読んでいただけたら嬉しい。

初出一覧

紙芝居　『民主文学』二〇〇五年　二月号

十五歳まっただなか　二〇〇四年度栃木県芸術祭
創作部門文芸奨励賞

私鉄駅員　『民主文学』二〇一一年　五月号

クオピオの雨　『民主文学』二〇〇〇年　九月号

分厚い手　全日本民医連共済組合創立二十周年
記念文芸作品集（一九九三年十月）

通訳　『民主文学』二〇一六年十一月号

原信雄（はら・のぶお）

1948年群馬県生まれ。小学生から高校生まで栃木県栃木市で過ごす
明治大学二部中退
現在、新医協（新日本医師協会）事務局次長
趣味は柔道3段、登山。第43回全国高校相撲選手権大会出場。
日本民主主義文学会会員。1990年民主文学第31期文学教室で学ぶ。31支部支部長

民主文学館

クオピオの雨《あめ》
2018年12月25日　初版発行

著者／原信雄
編集･発行／日本民主主義文学会
〒170-0005　東京都豊島区南大塚2-29-9　サンレックス202
TEL 03(5940)6335
発売／光陽出版社
〒162-0811　東京都新宿区築地町8
TEL 03(3268)7899
印刷・製本／株式会社光陽メディア
© Nobuo　Hara　2018　Printed in Japan
ISBN978-4-87662-618-2 C0093

本書の無断複写（コピー）は著作権法上での例外を除き禁じられています。乱丁・落丁はご面倒ですが小社宛お送り下さい。送料小社負担にてお取り替えいたします。価格はカバーに表示してあります。